법구경 입문

마츠바라 타이도 지음 | 박혜경 옮김

B𝖂 범우

차 례

불교는 우리 나라의 전통적인 종교로서 우리의 일상 생활에 사상적으로나 문화적, 사회적으로 큰 영향을 끼쳐왔다. 주지하는 바와 같이 불교는 석가모니(釋迦牟尼)를 교조로 그가 설법한 가르침을 종지(宗旨)로 하는 종교로 기원전 5세기 초에 인도의 고대 종교인 바라문교(婆羅門教)의 우세에 대한 하나의 개혁 운동으로서 출발을 보게 되었다.

중인도의 가비라위성(迦毘羅衛城)의 태자로 태어난 싯다르타는 세상의 무상함을 알고 뭇 백성을 고뇌에서 구제하기 위해서 6년 간의 고행 끝에 도(道)를 깨치고 이를 널리 세상에 전파하였다. 이 불교는 중국을 거쳐 우리나라에 들어왔으며, 다시 일본에 전파되었다.

불교가 우리나라에 처음 들어온 것은 고구려 소수림왕(小獸林王) 2년인 서기 372년이며, 처음에 순도(順道)와 아도(阿道) 등이 불상·불경 등을 가지고 와서 초문사(肖門寺)와 이불란사(伊弗蘭寺)를 창건하였다.

《법구경(法句經)》은 팔리(Pali)어로 씌어진 담마파다

(Dhammapada)를 한문으로 번역한 경전의 이름으로, '진리의 말[法句]'이라는 뜻이다. 팔리어는 석가모니가 평소에 사용했던 고대 인도어의 하나이며, 그가 이 팔리어로 말한 423구절의 시구(詩句)를 2세기에 인도의 불교학자인 달마투라타가 편찬한 것이 바로 지금 읽히고 있는 《법구경》이다.

예수나 공자처럼 석가모니 역시 한 권의 저서도 남기지 않았다. 현재의 불교 경전은 석가의 제자들이 그의 언행을 기억한 대로 성문화(成文化)한 것과, 기원전·후의 불교도에 의해 석가의 사상을 토대로 저술된 것이다. 《법구경》은 전자에 속하여 석가의 말이 비교적 원초적인 형태로 전승된 경전으로서 그 내용은 실제적이고 구체적이면서도 깊은 사색이 담겨 있으므로 인도에서는 불교의 입문서인 동시에 오의서(奧義書)로 읽히고 있으며, 경문(經文)이 시구로 되어 있는 것도 그 특징의 하나이다.

불교 경전은 대체로 산문으로 설법하고 나서 '게(偈, 頌)'가 따르는 것이 상례이지만 《법구경》은 처음부터 시경(詩經)으로 되어 있으며, 《논어(論語)》와 비슷하여 인생의 교훈을 정리하여 엮어 놓았다. 언뜻 보아 평범하게 생각되는 구절도 깊이 음미하면 심오한 사상과 오묘한 철리(哲理)가 담겨 있음을 알 수 있다. 때문에 1855년 《법구경》을 라틴어로 번역한 덴마크의 고전학자 파스베르가 이 《법구경》을 '동방의 성서'라고 말했던 것이다.

이 책은 법구(法句) 423편 중에서 50편을 택하여 일상적인 예를 들어 알기 쉽게 상세한 주석을 단, 문자 그대로 '법구경 입문'이다. 《법구경》의 중심 사상은 석가의 최초 설법 중에서 '사제팔정도(四諦八正道)'와 '삼귀오계(三歸五戒)' 이며 특히 전자가 차지하는 비중이 크므로 이 책에서도 여기에 비교적 많은 지면을 할애하였다.

옮긴이

제 1 장 고제(苦諦)
── 인생을 괴롭히는 여덟 가지 원인 ──

창조된 모든 것은 무상한데
지혜롭게 이 이치를 깨달은 사람은
고뇌로부터 멀어질 수 있으리니
이것이 곧 평안에 이르는 길이로다 (277)
一切行無常　如慧所觀察
若能覺此苦　行道淨其跡

창조된 모든 것은 괴로운데
지혜롭게 이 이치를 깨달은 사람은
슬픔으로부터 멀어질 수 있으리니
이것이 곧 평안에 이르는 길이로다 (278)
一切衆行苦　如慧之所見
若能覺此苦　行道淨其跡

무상(無常)이란 'ing', 즉 진보와 추이(推移)를 나타냄.

'창조된 모든 것은 무상하다'라고 하면 우리는 흔히 〈헤이케 모노가타리(平家物語)〉[1]의 처음에 "기원정사(祇園精舍)의 종소리, 제행무상(諸行無常)의 울림이라. ……교만한 자 오래 가지 못하니, 그저 봄밤의 꿈과 같네"라는 아름답고 감상적인 가락에 취하여 마치 무상관(無常觀)을 실감한 것처럼 느낄 것입니다. 종교와는 거리가 먼 현대인들도 방금까지 찻집에서 즐겁게 이야기를 나눴던 친구가 밖으로 나서자마자 교통 사고를 당해 죽었다고 한다면 '인생의 무상함'을 말하게 될 것입니다.

그러나 '제행무상(諸行無常)'이란 자연 현상이나 남에게 일어나는 일보다도 우선 자기 자신의 존재와 자기 마음의 변화, 무시로 변동하는 무상(無常)을 응시하라는 가르침입니다. 남의 마음의 변화를 비난하기 전에 자신의 심경 변화를

---

1) 일본 고대 문학의 한 형태. 작자의 견문(見聞)·상상을 기초로 하여 인물이나 사건을 서술한 산문 또는 설화.

슬퍼하라는 말씀입니다. 무상은 진행(進行)이고 추이(推移)이며 모든 것을 파괴하므로 '불'로 무상을 상징하고 불길의 빠름에 비유하고 있습니다.

나는 카메라 잡지에서 자양화(紫陽花)의 색깔이 변화해가는 것을 수 분마다 렌즈로 잡은 것을 보고 그 정교함에 놀랐습니다. 흔히 '찰나(刹那)'라고 말하는데, 이 찰나는 범어(梵語)인 '쿠샤나'의 음역(音譯)으로, 가장 짧은 시간의 단위입니다. 1탄지(彈指)[2] 동안에 65찰나가 있다고 합니다. 그 한 찰나는 《대비바사론(大毘婆沙論)》[3]에 의하면 75분의 1초에 해당됩니다. 그 찰나 동안에도 무상의 불길은 계속 타서 변화해 가고 있음을 알아야 한다고 석존(釋尊)께서는 말씀하셨던 것입니다.

'모든 것(行)'은 범문(梵文)의 번역이지만, 영어 번역에서는 가정적(假定的) 존재(conditioned things)로 되어 있습니다. 존재하는 것은 아무튼 있는 것처럼 보이지만 지혜의 눈으로 잘 보면 '실체가 없는 물질적인 현상(가정적 존재)'에 지나지 않습니다.

이 모든 가정적 존재는 끊임없이 변전(變轉)한다는 것이 '제행무상'이라는 진리입니다. 나는 그것을 '현재 진행형의 세계관'이라고 생각합니다. 영어 문법에서 동사의 어미에 'ing'를 붙여서 추이(推移)를 나타내는 것을 배웠기에 이렇

---

2) 손가락을 튀겨서 소리를 내는 것.
3) 《아비달마대비바사론(阿毘達磨大毘婆沙論)》의 약칭. 모두 200권. 불멸(佛滅) 후 400년 초에 인도의 카니시카 왕이 5백 나한을 모아 불경을 결집(結集)할 때 〈발지론(發智論)〉을 해석케 한 책.

게 깨달은 것입니다. 이 'ing'의 마음 자세로 만상(萬象)을 대하는 것을 '지혜의 눈으로 본다'고 합니다. 그러나 거기서 멈춰 버리면 현재 진행형은 없어져 버립니다. 허무감이나 허탈감은 진행 노선(進行路線)에서 벗어나거나 인생관이 정체되었을 때에 일어나는 현상일 것입니다. 그러므로 바른길로 계속 진행하는, 즉 배움의 길로 계속 나아가야 한다는 것입니다.

구마가이 나오자네(熊谷直實)는 가마쿠라(鎌倉)[4] 초기의 무장(武將)으로 후에 호넨 대사(法然大師) 밑에서 불도를 닦아 렌쇼보(蓮生坊)라 불렸습니다. 그의 노래에 '산은 산, 길은 옛날과 다름없는데, 변한 것은 내 마음뿐이로구나'라고 했는데 그가 본 산과 길도 역시 변했지만 그 이상으로 변한 자신의 마음을 한탄한 것으로 보아야 할 것입니다.

영원히 변하지 않는 것은 하나도 없습니다. 변하지 않을 것이라고 믿었던 사랑도 변합니다. '우리 아이는 절대로' 하고 믿었던 아들이 어느새 불량 비행 소년의 무리 속에 끼어 있는 것을 발견하게도 됩니다. 변하기 쉬운 것은 오로지 '가을 하늘'만이 아닙니다.

이처럼 변화하는 무상은 우리에게 고뇌가 됩니다. 고뇌란 심신을 괴롭히는 상태를 가리킵니다. 인간은 누구나 크건 작건 괴로움을 갖고 있습니다. 가벼운 고뇌라면 몸에 그다지 영향을 주지 않습니다. 이 경미한 상태를 '걱정〔憂〕'이라고 하며, 무거워지면 우리 몸에 반응이 나타나는 것을 '고통'이

---

4) 1192년 일본의 가마쿠라(鎌倉)에다 막부(幕府)를 설치하여 1333년 멸하기까지 약 150년간을 말하는 일본의 무사(武士) 정권 시대.

라고 구분해야 한다는 설(說)도 있습니다.

우리는 무상을 '변하는' 것이라고 알고는 있어도 언제, 어떻게 변하게 될지 예상할 수 없기 때문에 불안합니다. 더구나 자기의 생각대로 변하지 않기 때문에 초조하기만 합니다. 그래서 나는 "괴로움이란 변화를 불안하고 초조하게 느끼는 심정"이라고 말하고 싶습니다. 이 괴로움은 어디서 오는 것인가. "자아에 집착하는 데서 생긴다"라고 석존께서는 가르치셨습니다. 자기 중심으로 몸을 사리거나, 제멋대로의 좁은 시야를 통한 인생관이나 세계관의 자아의식이 괴로움의 원인이 되는 것입니다.

고뇌 그 자체가 진리이므로 고뇌에서 벗어날 수는 없습니다. 고뇌의 원인과 내용을 마음속에 깊이 받아들여 괴로움을 괴로움으로서 긍정해야 할 것입니다. 다시 말하면, 어떻게도 할 수 없는 사실을 속이거나 다른 생각으로 바꾼다고 해서 해결되는 것은 아니기 때문에 보다 높은 차원의 입장에서 어떻게도 할 수 없다는 것을 분명히 확인한다면 비로소 마음의 안정을 얻게 되는 것입니다. 그러므로 "모든 창조물은 고뇌인지고 지혜롭게 이치를 깨달은 사람은 이것이 곧 평안에 이르는 길이로다"(277)라고 노래한 것입니다.

사고팔고(四苦八苦)의 '팔고'가 고제(苦諦)의 전부

'인간'에 대해 사전에는 생물로서의 인간의 정의 이외에 '사람이 살고 있는 곳. 세상, 사회, 항간(巷間)'이라고 공간적으로 파악하여 해설한 것이 흥미롭지 않습니까?

불교에서 말하는 인간은 범어인 '마누샤'입니다. 마누샤는 생명이 있는 것이 윤회(輪廻)하는 한 기간으로 인경(隣境:인간과 인간 사이)을 나타내는 말입니다. 마누샤도 한역(漢譯)인 인간(人間)도 모두 복수적(複數的)으로 표현되고 있습니다. 인간이 인간일 수 있으려면 "많은 사람과 접촉하여 남으로부터 도움을 받으면서 또한 남을 도와 준다"라는 인간관을 우리는 알아야 할 것입니다.

인간은 '인생과 세간(世間)'을 줄인 말이라고 생각합니다. 사람은 '인생'이라는 시간적인 면과 '세간'이라는 공간적인 장(場)에 양다리를 걸치고 있어야 비로소 인간일 수 있다고 생각합니다. 시간이나 공간도 함께 추이와 변화의 무상입니다. 그러므로 인간이 인간으로서 살아가려면 항상 고뇌가 따르게 마련입니다. '산다는 것 자체가 괴로운 일'입니다. 즉 시간적으로는 태어나고, 늙고, 병들고, 죽는 —— 생·노·병·사의 네 가지 —— 괴로움에서 벗어날 수 없습니다.

또 우리는 이상과 같은 시간적인 네 가지 고통 이외에 우리가 살고 있는 한, 대외적인 관계, 즉 공간적인 접촉이 인연이 되어 고뇌가 생기게 됩니다. 다시 말해서 사랑하는 사람과 헤어지는 괴로움(愛別離苦), 미워하는 사람과의 만남, 더구나 헤어질 수 없는 괴로움(怨憎會苦), 원하는 것을 손에 넣을 수 없는 괴로움(求不得苦)의 세 가지 괴로움이 있습니다. 그러니까 이것들을 모두 합치면 일곱 가지의 괴로움(七苦)이 되는 것입니다.

여기에 '오성온고(五盛蘊苦)'를 여덟 번째 괴로움(第八

苦]으로 들 수 있습니다. 오성온고란 오온에 대해 자기 중심적인 집착을 하는 한 모두가 괴로움뿐이라는 것입니다. 이것은 고대 인도의 독특한 발상법으로 앞에서 말한 일곱 가지 괴로움과 병행하는 것이 아니라 그 일곱 가지 괴로움의 총칭(總稱)이라고 합니다. 즉 오성온고는 "이 번뇌를 지닌 우리들의 심신의 총체적인 괴로움"이고 인생고를 종합하여 말하는 것이 정설(定說)이라 하겠습니다.

그러나 오성온고를 '오온성고'[5] 즉 인간의 몸과 마음을 형성하는 오온에서 생기는 괴로움이 더해 가는 것을 가리킨다는 주장도 있습니다. 병들었을 때에는 병을 괴로워하지만 건강을 주체스러워하는 사치스러운 괴로움도 실제로 있습니다. 재산이 없을 때와는 달리 부자가 되면 그것을 잃지 않으려는 괴로움이 생기게 됩니다. 경전(經典)에도 "밭이 있으면 밭을 걱정하고, 집이 있으면 집을 걱정한다"는 말이 있는 것처럼 가진 자, 부유한 자는 각각 건강이나 재산에 집착함으로써 괴로움이 생기게 되는 것입니다. 이설(異說)이 되겠지만 나는 오온성고를 '욕심이 많은 데서 생기는 괴로움'이라고 아울러 받아들이고 싶습니다. 그것은 우리 현대인으로서의 실제 느낌에서 비롯된 것입니다.

어쨌든 생·노·병·사의 네 가지 괴로움과 앞에서 말한 애별리고(愛別離苦), 원증회고(怨憎會苦), 구부득고(求不得

---

5) 물질·정신을 오분(五分)한 색(色)·수(受)·상(想)·행(行)·식(識)의 다섯 가지 적취(積聚). 색은 물질·육체, 수는 감각·지각, 상은 개념 구성(槪念構成), 행은 의지·기억, 식은 순수 기억인데 지상의 모든 중생은 심신의 작용인 이 오온으로 이루어짐.

苦), 오성온고(五盛蘊苦)의 네 가지 괴로움을 합쳐서 '팔고
(八苦)'라고 부릅니다. 흔히 '사고팔고(四苦八苦)'라고 말
하는 것은 여기에서 비롯된 것입니다. 이 팔고가 고제(苦諦)
의 전부입니다.

태어나서 살아가는 괴로움〔生苦〕

인간으로서 태어나기도 어렵고
죽어야 할 자가 살아 있는 것도 어렵고
세상에 부처가 있기도 어렵고
불법(법문)을 듣기도 어렵다 (182)
得生人道難 生壽亦難得
世間有佛難 佛法難得聞

석존의 가르침에는 '운명'이나 '신'은 없다

이 182번의 법구는 '태어나고, 살아가고, 부처님을 만나
고, 가르침을 듣는 것'의 어려움을 말하고 있습니다.
'어렵다'는 '있기 어렵다'는 의미로서 본래는 불교의 용
어로 《법화경(法華經)》〈안락품(安樂品)〉에 "모든 보살(菩
薩)은 대단히 있기 어렵다"고 씌어 있습니다. 즉 (그렇게 있
는 것이) 희유(稀有)의 —— 좀처럼 없는 또는 존재하기
—— 어려움을 말합니다.

'희유(稀有)'는 자칫하면 우연과 혼동되기 쉽습니다. 그러나 우연은 있을 수 없습니다. 우연으로 보이는 현상도 자세히 살펴보면 좋든 나쁘든 아무래도 그럴 수밖에 없는 필연의 결과임을 알 수 있습니다. 어떤 현상도 몇 가지 직접 원인(인[因])과 간접 원인(연[緣])이 겹쳐서 결과(과[果])를 가져오게 됩니다.

이 인(因)과 연(緣) 그리고 과(果)의 3자 관련을 '인과(因果)의 법칙' 또는 '인연(因緣)의 법'이라고도 말합니다. 이를테면 타인과의 상의·상관 관계(相依·相關關係)입니다.

인과율은 시간적으로는 과거·현재·미래에 걸쳐서 모든 현상을 필연적(必然的)으로 규정합니다. 따라서 '운명'이나 인간을 지배하는 '신'과 같은 권위는 생각할 수 없습니다. 이 점이 석존의 가르침과 다른 종교와의 큰 차이입니다. 그리고 인(因)·연(緣)·과(果)의 관련을 확인하는 것을 밝힌다(제[諦])고 합니다. 이것은 자기를 속이는 단념이나 세상에서 말하는 자위적인 '체념'이 아닙니다. 눈을 뜨고 분명히 인과의 상의(相依)의 사실이나 필연의 경로를 확인하는 것이 '밝히는' 것이며 '체관(諦觀:진리를 밝게 보는 것)'입니다.

이와 같이 인과율은 원인과 결과의 필연성을 밝히는 것이지만 그 현상은 인간의 사고(思考) 범위를 훨씬 초월해 있으므로 '불가사의(不可思議)하다'고 말합니다. 불가사의란 '말로 표현하거나 마음으로 추리하지 못하는 크나큰 진리'의 존재를 인정하는 말입니다. '있기 어렵다'거나 '불가사의'의 정감(情感)은 결코 인간의 지성의 패배가 아니라 오히려 인간의 마음을 풍부하게 길러 줍니다.

"인간으로 태어나기 어렵다"는 말은 인간으로서 태어나기
가 쉽지 않다는 사실을 말합니다. 인간으로 태어나려면 정자
(精子)와 난자(卵子)가 만나야 하는데, 그 비율은 아는 바와
같이 대단히 낮으므로 '희유(稀有)', 즉 있기 어려운 일입니
다. 그리고 결합된 생명이 성장하려면 많은 어려움이 따르게
됩니다.

"엄마 ! 어째서 내 목숨을 잘랐나요 ?"

저에게는 네 자녀가 있습니다. 그러나 원래는 다섯이어야
만 합니다. 우리 부부 사이에 유산한 아이가 하나 있었기 때
문입니다. 나는 또한 6년 전에 태어난 지 얼마 되지 않은 손
자를 잃었습니다. 세상에 태어나지도 못하고 자랄 수도 없었
던 두 생명을 생각한다면 태어나는 것과 사는 것이 얼마나
희귀한 일이고 어려우며, 신기하고 고마운 일인지 잘 알 수
있습니다.

나는 몇 해 전부터 절〔寺〕의 무연묘지(無緣墓地)에다 내
버린 모자 지장보살(母子地藏菩薩)을 현관(玄關) 앞에 안치
해 놓고 있습니다. 아기를 안은 모자 지장보살은 높이가 20
센티미터인 작은 석상(石像)이지만 웬일인지 왼쪽 얼굴에
잘린 듯한 깊은 균열이 있습니다. 이 처참한 모습에서 태어
나지도 못하고 성장하지도 못한 가엾은 아기의 고통을 지장
보살이 대신하고 있는 것처럼 생각되었습니다.

오늘날 일본에서는 우생 보호법(優生保護法)[6]이 악용되어 '낙태의 나라 일본'이라는 오명(汚名)이 외국에까지 퍼져 있습니다. 때마침 고린가쿠(光輪閣)에서 발행한 팸플릿에 전에 《리더스 다이제스트》에 게재된 적이 있는 〈태어나지도 못한 아기의 일기〉라는 글을 나베다 유키치(鍋田勇吉) 씨가 소개하고 있습니다.

* 10월 5일. 나의 생명이 시작되었다. 아빠도 엄마도 아직 모르고 있다. 나는 사과의 씨앗만큼도 되지 않지만 그래도 나는 나.
* 10월 20일. 의사 선생님이 엄마에게 처음으로 내가 엄마의 뱃속에 있다는 것을 알려 주었다. 엄마 기쁘지요 ? 나는 얼마 안 있으면 엄마의 팔에 안기게 돼요.
* 12월 24일. 엄마, 나는 빨리 엄마의 팔에 안겨 엄마의 얼굴을 만져 보고 눈을 바라보고 싶어요. 나는 그날이 기다려져요. 엄마도 기다려 주세요.
* 12월 28일. 엄마 ! 어째서 내 목숨을 끊어버렸나요 ? 엄마와 함께 즐거운 나날을 보낼 수 있었을 텐데. 아아.

외국인이 쓴 짤막한 글이지만 읽는 사람의 가슴을 찌릅니다. 악의에서가 아니라, 때로는 어쩔 수 없는 사정으로 임신 중절의 처치를 할 경우도 있습니다. 우리 부부는 어느 날 신문에서 "연약한 몸에 깃들인 싹을 자르려고 죄인처럼 순서

---

6) 양질(良質)의 유전 형질(遺傳形質)을 보존하여 자손의 자질을 향상시키는 법

를 기다리노라 ── 사와라 히데코(佐原英子)"라는 기사를 읽은 적이 있습니다. 임신 중절이 어머니에게는 낳는 고통 이상으로 고뇌를 느끼게 하는 것을 읊은 한 수의 노래에서 우리는 가슴이 뭉클했습니다. 우리 부부에게도 쓰디쓴 추억 이 있었기 때문입니다.

끝없는 근원적인 괴로움 '윤회(輪廻)'

저의 장남 데츠아키(哲明)는 올해(1974년) 35살로 아내와 자식이 있습니다. 그가 아내의 태 속에 있을 때 아내는 복막 염을 앓게 되었습니다. 의사는 태아를 지우라고 권고했습니 다. 나와 아내의 양친도 의사의 말에 따르라고 설득했으나 아내는 듣지 않았습니다. 아내는 끝내 버티어 다행히 그를 낳을 수 있었는데, 나는 그에게 한평생 보상할 수 없는 아픔 을 짊어지고 있습니다. 이 장남이 아직 어렸을 때, 아내의 손 에 이끌려 달을 쳐다보면서 "내가 어렸을 때의 이야기를 들 려줘"하고 조르자, 아내가 다음과 같이 대답했다고 합니다.

"네가 아직 엄마 뱃속에 있을 때 엄마가 배에 손을 대고 '아가야 !' 하고 부르면, 너는 작은 손발을 움직이며 '나 여 기 있어' 하고 엄마의 배를 차면서 대답을 했지. 그 작은 생 명을 엄마가 지키지 않으면 누가 지키겠니. 지킬 수 있는 힘 을 달라고 부처님께 빌었지. 그러니 너는 좋은 어린이가 되 어야 해 ──."

아내가 이렇게 말하자 어린 그는 아내의 손을 꽉 잡았다고 합니다. 그 무렵에 아내는 장남과 자주 이런 노래를 불렀습니다.

>   산 속의 좁은 길을
>   누가 누가 지나가나
>   아가와 엄마가 지나는 길
>   달밤에 토끼가 지나는 길

부모가 자식과 함께 살아가는 길이 얼마나 좁은 길이고, 살아 가는 것이 얼마나 고마운 일인가를 우리는 절실하게 실감했기 때문에 앞에서 예로 든 사와라 히데코 씨의 노래가 큰 충격을 주는 것입니다. 낳고, 태어나고, 자라고, 기르는 일이 얼마나 비좁고 드문 길인가를 ——.

우리는 이 감각적인 고뇌를 딛고 더욱 근원적인 고뇌를 갖고 있습니다. 그것은 '윤회'에 의한 것입니다. 인간의 경우는 몸과 입과 마음의 움직임, 즉 행위 · 말 · 생각(삼업[三業])이 언제나 인(因)이 되고 연(緣)이 되어 결과로 관련을 맺습니다. 이 결과가 다음에는 인이 되어 마찬가지로 거듭되어 과거 · 현재 · 미래에 끝없이 되풀이되는 것을 '윤회'라고 하며, 여기에서 벗어날 수 없는 사실을 '윤회의 괴로움'이라고 합니다.

헬렌 켈러 여사는 "자식은 태어날 때 부모를 선택할 수 없다"고 말했다고 하는데, 이 말에서 업(業, 소행)의 고감(苦感) 생각하게 됩니다. 나는 여사의 이 말을 알게 되었을 때 마음속으로 '부모에게도 자식을 선택할 자유가 없다'고 중

얼거렸습니다. 친자(親子) 관계는 계약이 아닙니다.

　부모를 선택할 자유가 없는 자식과, 자식을 선택할 자유가 없는 부모와의 만남은 불가사의라는 한 마디로 표현될 수밖에 없습니다. 이 불가사의를 '나는 원해서 태어난 것이 아니다. 다만 태어났으니 할수없이 살아간다'라고 볼 수는 없습니다. "무엇 때문에 살아가느냐 ?"하고 진지하게 생각하고 배워야겠다는 의욕이 생겨야 합니다. 그러나 훌륭한 스승이나 가르침은 만나기 어려우며 세상에 부처가 있기는 어려우며, '진실한 법문을 듣는 것'도 어렵다의　제 3, 4의 '어려움'일 것입니다.

　그러나 실제로는 교법은 우리 주위엔 가득 널려 있지만 만나지 못하고 있습니다. 아니 사실은 접하고 있지만 그런 줄을 깨닫지 못하고 있습니다. 그것은 우리의 교만이 진실한 교법과의 만남을 가리고 있기 때문입니다. 그래서 '있기 어렵다'는 '만나기 어렵다'와 같은 말이 됩니다.

늙는다는 것의 고뇌〔老苦〕

　가장 높은 가르침을 모르고
　백년을 사는 것보다
　가장 높은 이치를 알고
　하루를 사는 것이 낫다 (115)
　若人壽百歲　不知大道義
　不如生一日　學推佛法要

장수(長壽)도 수행(修行)의 하나

나는 젊었을 때 아버지에게서 "너 금방 60살이 돼 !"라는 말을 자주 들었습니다. 그러나 나는 별로 귀담아듣지 않고 태평스럽게 학교를 다니고 있었습니다. 그런데 정말로 나는 60은커녕 70이 눈앞에 다가왔습니다. 이제서야 당황하여 '늙음'에 대하여 진지하게 생각하고 괴로워합니다. 석존은 이미 인간적인 고뇌에 대해 제1의 '생고(生苦)'에 이어 제2의 '노고(老苦)'를 들고 있습니다.

'늙는 것은 괴로운 일'임은 나도 실감하고 있습니다. 현대에 이르러서는 생활고나 대인 관계도 노고의 원인이 되어 있습니다. 뒤에서 학습할 병과 죽음의 고통 거기에 다시 고독감이 겹치는 노고(老苦)는 노인들을 자살로 몰고 가기도 합니다. 미개 사회에서는 노인을 산이나 들에다 버리는 관습이 있었음이 전설 등에 의해서 알려져 있습니다. 그러나 경제적인 효능과 능력만이 지배하는 현대 사회에서도 '기로(棄老)'의 경향을 느끼게 됩니다.

동양대학(東洋大學) 교수인 가나오카 슈유(金岡秀友) 씨는 이미 1942년에 다케다 요시에(竹田芳衛)라는 사람의 저서 《경로(敬老)의 과학》에서 다음과 같이 충고하고 있습니다.

"세상이 공동 사회에서 공리 사회(功利社會)로 옮아가고 있을 때 가장 어렵게 되는 것은 노인의 위치이다. 따라서 노인은 언제나 자기가 아니면 할 수 없는 역할을 갖도록 유념해야 한다" 하였는데, 그 달견(達見)에는 놀라움을 금치 못합니다.

생각건대 복지 시설의 증가나 양로 · 경로의 마음을 높이는 것만으로는 오늘의 노인 문제는 해결되지 않을 것입니다. 다케다 씨가 말하는 자각적인 노인 —— '각로(覺老)'를 노인 자신이 깨쳐야 합니다. 특히 자기의 나이에 상응하는 인생의 의미를 자각하는 '각로'에의 노력이 노인 문제 해결의 열쇠가 되는 것입니다. 왜냐하면 '늙음의 의미'를 아는 능력은 인간만이 갖는 특권이기 때문입니다. 연령의 수보다도 연륜의 밀도 문제입니다. 이것을 115번의 법구는 노래하고 있습니다. "가장 높은 가르침을 안다"는 것은 가장 높은, 즉 무한한 진리를 탐구해 내는 것을 말합니다. 이 가르침이 곧 불법(佛法)입니다. 진리를 탐구하지 못한다면 백년의 장수는 진리를 배우는 사람의 하루의 가치에도 미치지 못한다고 엄격하게 잘라 말한 것입니다.

나는 '인생이란 정성을 다하는 것'이라고 생각합니다. 인생은 덧없기 때문에 소중히 여겨야 합니다. 그것은 꽃병이나 찻잔이 깨지기 쉽기 때문에 소중히 다루는 것과 비슷합니다. 꽃병이나 찻잔은 텔레비전이나 스테레오와 달라서 신품보다 낡을수록 가치가 있습니다. 그러나 물이 새는 꽃병이나 녹슨 차솥(茶釜)은 쓸모가 없습니다. 다시 말해서 망가지거나 녹이 슬지 않도록 정성껏 손질을 하고 조심스럽게 간직하여 연륜이 밴 정성어린 도구라야 비로소 가치가 있는 것입니다. 인생도 마찬가지입니다.

산유테이 엔초(三遊亭円朝)는 메이지 시대(明治時代)의 만담(漫談)의 명인(名人)이었습니다. 그의 엄격한 예능 수행에 친구인 야담가(野談家) 이치류사이 테이잔(一龍齋貞

山)이 "여보게, 오래 사는 것도 일종의 예능이네"하고 충고했다는 것을 나는 작가 고지마 마사지로(小島政二郎) 씨의 〈엔초(円朝)〉에서 읽었습니다. 때마침 교토(京都)의 난젠지(南禪寺) 시바야마 젠케이(柴山全慶) 대사에게 이 이야기를 했더니 대사는 즉시 "오래 사는 것도 수행의 하나"라고 대답했습니다. 모두가 풍격(風格)이 있는 발언으로 새겨 들을 만합니다. 역시 젊었을 때부터 몸과 마음에 밴 수학(修學)의 정성과 수행의 연륜이 노경(老境)을 지탱하는 생명력이 되는 것 같습니다.

"높은 가르침을 만난다"는 것은 '영원한 청춘'이라고 할 수 있는 부드러운 마음을 갖는 것이라고 말해도 좋겠지요. 그러나 젊었을 때에는 젊음의 자부와 자신감 때문에 늙음에 대해 배울 마음이 일어나지 않습니다. 나도 그랬습니다. 이 긍지가 영원한 청춘을 좀먹는다는 것을 요즈음에야 깨닫고 후회하고 있습니다.

노년의 보람은 새로운 숙업(宿業)의 조성이다

나는 앞에서 윤회와 윤회의 괴로움에 대해 말했습니다. 그리고 '인과의 법(因果律, 因緣法)'은 인간 이외의 권위에서 주어진 운명이 아니라는 것도 우리는 배웠습니다. 이것을 인간에 대해 말한다면, 우리는 과거에서 현재까지의 자기의 행실[身業] · 말씨[口業] · 사고방식[意業]의 세 가지 업 ── 삼업(三業:줄여서 業이라고 함) ── 이 각각 인(因:직접원인)이 되고 연(緣:간접 원인)이 되어 얽히고 설켜 과(果, 결과)를 낳게 됩니다. 이것을 숙업(宿業)이라고 합니다. 숙(宿)은 '깃들이다, 머문다'는 뜻이므로, 아기를 배에 깃들이게 하는 것처럼, 인(因)을 자기에게 깃들게 하고 머물게 함으로써 그 인생을 규정하게 됩니다. 숙업은 운명과 비슷하지만, 밖에서 주어지는 것이 아니라 자기가 자주적으로 만든다는 점에서 숙업의 성격을 띠고 있습니다.

그리고 인과율은 운명이 아니므로 삼업의 상태에 따라 우리의 미래를 개조할 수 있습니다.

따라서 새로운 윤회의 계보(系譜)와 궤도의 설정이 가능하게 됩니다. 예를 들면 씨 없는 수박이나 포도는 인공적(人工的)으로 얻은 새로운 결과[果]입니다.

만일 우리의 현재의 결과가 신통치 않으면 신(身)·구(口)·의(意) 삼업에 의해 자기 자신의 품종 개량이나 객토에 힘써, 새로운 인과의 계열을 만드는 자유가 주어져 있습니다. 노년의 보람은 이 새로운 숙업의 조성에 있을 것입니다. 이 발원에 힘쓰는 것이 노인 자신을 사랑하는 일이며, 또한 자손을 생각하는 일에 연결됩니다. 노고(老苦)에 신음하면 할수록 이 소망에 자기를 격렬하게 불태우는 일입니다. 그렇게 하면 노고는 노고인 채, 괴로움을 괴로움으로 느끼지 않게 될 것입니다.

태어났으니 할수없이 살고, 할수없이 늙는 것은 무의미합니다. '늙는 것은 무엇 때문인가?' 하고 언제나 '무엇 때문인가' 하는 의문을 새기는 데서 노고를 해결하는 길이 열리게 될 것입니다.

괴로움에서 벗어나기 위해 흔히 무아(無我)가 되라고 말합니다. 무아란 "인간을 지배하는 초능력을 가진 신과 같은 절대자는 없다. 모든 것은 인과율(因果律)에 의한다"는 것이 본래의 의미입니다. 이 도리를 잘 알게 되면 자연히 자아에 집착하지 않게 되므로 무아의 가르침[法]이 '무상(無常)의 법'이 되는 것입니다.

병에 시달리는 괴로움[病苦]

왜 기뻐하고 있는가, 왜 웃고 있는가?
이 세상은 언제나 불타고 있는데
어두운 무명에 싸여 있는데
어찌하여 빛을 구하지 않는가? (146)
何喜何笑 世常熾然
深蔽幽冥 不如求錠

병(病)의 괴로움을 평안하게 하는 '병삼매(病三昧)'

무상(無常)의 사실을 타오르는 불길에 비유한 것을 우리는 앞에서 배웠습니다. 많은 사람들은 그것을 깨닫지 못함을 이 법구는 먼저 경고하고 있습니다. "왜 기뻐하고 있는가, 왜 웃고 있는가? 이 세상은 언제나 불타고 있는데" 하고. 인간은 '병든 존재'라고도 말하고, '병은 언제나 곁에 있다'고도 말합니다. 앞에서 말한 노고(老苦)도 병고와 연결되어 있습니다. 가족 중에서 누가 언제 병마에 시달릴지 알 수 없습니다.

나도 학창 시절에 폐와 신장을 앓아 절망에 빠진 적이 있었습니다. 이때에는 다만 졸업 논문이나 수업 등이 걱정되었을 정도였으니까 그래도 나은 편입니다. 그러나 태평양 전쟁에 출정하여 다시 폐를 앓게 되었을 때에는 병고와 함께, 죽은 후에 가족이 살아갈 걱정으로 무척 괴로워했습니다. 그때 배운 선어(禪語)인 '병중에도 산과 들'이 내 마음에 평안을 가져다 주었습니다.

'병중에도 산과 들'이란, 자연의 산과 들이 수행(修行)의 장소인 것처럼 병상에 눕게 되는 것도 수행의 하나라는 뜻입니다. 건강할 때에는 느끼지 못하고 병들었을 때에만 가르쳐 주는 인생의 의미에 대면(對面)하라는 뜻도 됩니다. 병에서 도피하지 말고 병을 속이지 말며 병과 친히 대면하여 병의 호소에 귀를 기울이는 것입니다.

평론가였던 고(故) 가메이 가츠이치로(龜井勝一郎) 씨도 병약한 분이었던 것 같습니다. 그는 인간의 불행, 말하자면 고뇌를, 인간 정신의 자각을 위한 조건으로 지적하는 것이 중요하다면서 '병이 가진 세 가지 공덕(功德)'을 가르치고 있습니다.

첫째로 생명력의 자각, 병에 대한 저항력으로서의 건강성이나 정신의 저항력을 자각할 수 있다.

둘째로 자연과 인생에 대한 섬세한 감정이 연마된다. 마음을 부드럽게 하는 훈련을 하는 좋은 기회이며 사물의 가련함을 알 수 있다.

셋째로 뭔가에 기도하려는 마음이 생긴다.

그러나 '병의 세 가지 공덕'이라고 해도 때로는 불안과 초조감이 머리를 쳐드는 것도 사실입니다. 야마가타 현(山形縣)의 사이토 다다오(齋藤忠雄) 씨가 읊은 "내가 병들어, 6년의 살림을 꾸려 온, 딱딱해진 아내의 손바닥"이라는 노래는 실감이 배어 있습니다. 병고도 괴롭지만 병에서 파생되는 생활고와의 싸움도 괴롭습니다. 그렇다면 어떻게 해야 할까요?

나는 앞에서 '병중에도 산과 들'이라고 말했는데 그것은 결국 병삼매(病三昧)가 되는 것입니다. 병과 융합하는 것입니다. 흔히 유희삼매(遊戱三昧)라고 말하지만 시인 오사다 츠네오(長田恒雄) 씨는 "병원 침대에서 '병과 노는 거야' 하고 배짱을 정하니 신란 성인(親鸞聖人)의 '자연의 정토(淨土)에서 살며 논다'는 말을 어렴풋이나마 알게 되었다"고 합니다.

앞에서 말한 생고(生苦)에는 반면에 기쁨이 있었지만 노(老)·병(病)·사(死)의 세 가지 괴로움은 모두가 암담하기만 합니다. 인간은 언제나 이 어둠에 싸여 있는 것을 잊지 않고 빛을 구하는 마음이 싹틀 때 참된 평안을 얻을 수 있다고 이 법구는 말하고 있습니다.

병과 맞서서 싸우기보다는 순순히 받아들이는 것입니다. 그 편이 괴로움을 당하지 않으려고 애쓰기보다는 한결 견디기 쉽습니다. 병이란 정신까지도 침해하고 있습니다. 나는 병에 걸리면 몸은 의사에게 맡기지만 정신은 내 자신이 맡기로 하고 있습니다.

누군가가 '현명한 환자가 되자'고 제안합니다. 현명한 환자란 구체적으로 말하면 의사에게 과거의 병력(病歷)을 숨김없이 말하여 상세한 자료를 제공해서 의사와 협력하는 것이라고 합니다. 그러나 이와 같은 유연한 태도는 역시 유연한 마음이 되지 않으면 안 되겠지요.

석존의 '불탄다'는 '마음의 병'을 말한다

무라카미 아키오(村上昭夫) 씨는 리쿠젠 다카다(陸前高田) 시에서 태어나 폐결핵으로 젊어서 죽은 시인입니다.

그의 스승 무라노 시로(村野四郎) 씨는 "미야자와 겐지(宮澤賢治) 이래로 시(詩)에서 겉으로 드러난 표상의 하나가 무라카미 아키오다"라고 칭찬하고 있습니다. 무라노 씨가 추천하는 그의 유작으로 〈기러기 소리〉를 읽어 보면 다음과 같습니다.

기러기 소리를 들었다
기러기가 지나가는 소리는
끝없는 우주의 심연과 같다
나는 불치의 병을 앓고 있기 때문에
그 기러기 소리가 들린다
낫지 않는 사람의 병은
저 끝없는 우주의 심연과 같다

병든 그가 듣는 기러기 소리는 건강한 사람이 들을 수 없는 소리입니다. 그는 기러기의 소리를 알 수 있었습니다. 그것은 병의 덕택입니다. 들리는 것과 아는 것은 물론 다릅니다. 역시 '병도 수행(修行)'이라고 생각할 일입니다. 종교가는 별도로 치더라도 위대한 예술가는 병을 앓으면서 훌륭한 작품을 남기고 있습니다. 그것이 가능한 것은 병을 앓는 것은 인생의 기정 사실로 인정하고 순순히 받아들이기 때문일 것입니다. 동시에 병의 의미를 알지 못하는 것은 무상(無常)을 알려고 하지 않고 멋대로 살아가려는 마음의 병이 신체의 병을 능가하기 때문일 것입니다. 석존께서는 그것을 '불탄다'고 말씀하셨습니다. "왜 기뻐하고 있는가. 왜 웃고 있는가? 이 세상은 항상 불타고 있는데"하고 반문하셨습니다. 신체가 불타는 것은 병을 앓아 열이 나기 때문만이 아닙니다. 눈이 어두워지는 것도 병 탓만은 아닙니다. 우리가 병을 앓을 때 신체만이 앓는 것이 아니라 마음도 앓고 있습니다. 그것을 모르기 때문에 괴로움이 갑절로 늘어나는 것입니다.

죽음의 공포와 괴로움〔死苦〕

자식이거나 부모이거나 친척이거나
죽음에 쫓기는 나를
부모조차 어쩔 수가 없다 (288)
非有子恃 亦非父母
爲死所迫 無親可怙

부모도 친척도 죽음에서 건지지 못한다

도겐 선사(道元禪師)는 "삶을 밝히고 죽음을 밝히는 것은 불가(佛家)의 큰 인연이다"라는 유명한 말을 했습니다. '밝힌다'는 말은 이른바 단념하는 것이 아니라 분명히 보고 확인하는 일입니다. 석존의 가르침을 신봉하는 사람들은 삶이란 무엇이고 죽음이란 무엇인가를 잘 밝혀서 마음의 안정을 얻는 것이 가장 중요한 일입니다. '삶의 보람'에 대해 흔히 논하여지는데, 생사의 의미를 올바르게 밝히는 것이 삶의 보람의 근원이 될 것입니다.

석존께서는 생후 7일 만에 생모인 마야부인과 사별했습니다. 부모를 택할 자유가 없는 자식과 자식을 택할 자유가 없는 부모와의 불가사의한 만남의 연(緣)을 생각할 사이도 없었습니다. 그만큼 이 법구는 읽는 사람의 마음에 깊이 젖어듭니다. '부모 자식도 친척도 죽음에서 건지지 못한다'는 것입니다.

기사 고타미는 가난한 젊은 어머니입니다. 불행하게도 그녀는 남편을 여의고 이어서 사랑하는 자식도 잃게 되었습니다. 상심한 그녀는 의사에게,

"선생님, 필요한 것은 무엇이든지 드리겠습니다. 어떻게 해서든지 제발 이 아이를 다시 살릴 수 있는 약을 지어 주십시오" 하고 애원했습니다. 의사는 가엾다는 듯이,

"죽음이란 세포의 신진 대사가 멈추는 것입니다. 인간의 경우는 그 생활 기능이 완전히, 영구히 정지되지요. 가엾지

만 이 아이의 호흡도 심장의 고동도 멎었습니다. 눈을 떠도 햇살에 반응을 보이지 않습니다. 다시 살리는 것은 불가능합니다"하고 설명했습니다.

그녀는 물론 죽음에 대해 의사만큼 정확한 지식은 없습니다. 그러나 죽은 아기가 다시 살아날 수 없다는 것은 잘 알고 있습니다. 그런데 자기가 잘 알고 있는 해답일수록 다른 사람이 아무리 설명해도 마음속으로 납득하기는 어렵습니다. 알고는 있지만 사실은 알고 있지 못하기 때문에 괴로운 것입니다. 이렇게 말하면 모순 같지만 그 예는 얼마든지 있습니다.

학문이나 도리(道理)로, 이른바 지식으로는 이해할 수 있어도 마음 속에까지 굳게 자리잡은 지혜가 아니기 때문에 괴로운 것입니다. 그러기에는 스스로 깨달아야 합니다. 그렇게 하기 위해서는 괴로움을 소중하게 지니고 스스로 따뜻하게 해야 합니다. 그러면 어떤 계기로 인해서 납득할 때가 올 것입니다. 이것을 옛사람들은 "눈에서 비늘이 떨어졌다"고 말했습니다. 눈 속의 먼지를 닦아 낸 것처럼 마음의 눈이 열리게 되는 것입니다.

알고 있으면서 알지 못하는 슬픔

그녀는 눈의 비늘이 떨어지지 않은 채 철학자를 찾아 갔습니다. 그는 그녀의 초조한 마음을 간파하고 짤막하게 "내 말을 잘 들어요. 사람이란 세상에 태어났다가 죽게 마련이오. 대왕도 대부호도 이 법칙에서 벗어날 수는 없지요"하고 타일렀습니다. 그것은 그녀도 잘 알고 있습니다. 알고 있으면서도 알지 못하기 때문에 슬픈 것입니다. 나도 육친(肉親)을 잃은 경험이 있으므로 키사 고타미의 허둥대는 모습을 보고 웃을 수 없었습니다. 가슴이 막혀 펜도 잘 움직여지지 않았습니다.

그녀는 사람들의 권유로 석존을 찾아갔습니다. 그녀는 이제 눈물도 나오지 않습니다. 그녀의 푸념에 가까운 소박한 호소에 대해 석존께서는 한 마디의 설법도 하지 않았습니다. 깊이 고개를 끄덕이더니 "고타미여, 거리로 나가거라. 어느 집이라도 좋으니 겨자 씨 한 알을 가져 오너라"하고 한 마디 하시고는 "그렇게 하면 소원을 이루게 될 것이다" 하고 덧붙이는 것이었습니다. 고대의 인도에서는 집집마다 겨자 씨를 저장하고 있었던 모양입니다.

그녀는 황급히 밖으로 나갔습니다. 그 뒷모습을 석존의 조용한 말씀이 뒤따랐습니다. "아직 한 사람의 사자(死者)도 내보내지 않은 집이라야 해."

그녀가 요구하는 대로 누구나 기꺼이 겨자 씨를 내주었습니다. 그런데 한 번도 장례를 치르지 않은 집은 하나도 없었습니다. 그제서야 기사 고타미는 눈의 비늘이 떨어졌습니다. 비늘이 떨어지자 새로운 눈물이 메마른 눈동자에 넘쳐흘렀습니다. 그녀는 싸늘하게 식고 이미 색깔도 변한 사랑하는 아기의 시체를 안고 석존 앞에 무릎을 꿇으며 단 한 마디를 했습니다.

"알겠습니다 !"

그러고는 소리 내어 엉엉 울었습니다. 그녀는 후에 출가하

여 비구니가 되었습니다. 《장로니게경(長老尼偈經)》

그녀의 눈의 비늘을 떨어뜨린 것은 겨자 씨가 계기가 되었습니다. 그러나 겨자 씨에 신비성이 있는 것은 아닙니다. 지금은 어느 집 부엌에서도 볼 수 있는 성냥 한 개비가 당시의 겨자 씨에 해당했던 것입니다.

이때 석존께서 그녀에게 준 게(偈)가 역시 《법구경》에 나와 있습니다.

　　자기 자식, 자기 가축에만
　　마음이 쏠려 있는 자를
　　죽음은 휩쓸어 간다
　　마치 홍수가 잠든 마을을 휩쓸어 가듯이 (287)
　　人營妻子 不觀病法
　　死命卒至 如水湍聚

요즈음은 핵가족이 점점 늘어나고 있지만 어떤 핵가족이나 그 직계의 조상 또는 친척이 몇 해 사이에 세상을 떠난 경우가 있을 것입니다.

기사 고타미의 지식이 지혜로 자라기 위해서는 자기 발로 걸어 다니는 편력(遍歷)이 필요했습니다. 나는 손자를 잃었을 때 작은 유해 앞에서 기사 고타미를 상기했습니다. 내가 상기한 것이 아니라 죽은 손자가 나에게 상기시켜 준 것입니다. 바로 그것도 석존의 가르침인 연(緣)입니다.

죽은 손자는 나의 스승입니다. 손자가 죽은 후로 나는 '죽음은 스승이다' 하고 눈의 비늘이 떨어져버린 것입니다.

사랑하는 사람과 헤어지는 괴로움〔愛別離苦〕 · 1

사랑하는 자를 가까이하지 말라
사랑하지 않는 자를 가까이하지 말라
사랑하는 자를 보지 못하는 것은 괴로운 일이나
사랑하지 않는 자를 보는 것도 또한 괴로운 일이다 (210)
不當趣所愛 亦莫有不愛
愛之不見憂 不愛亦見憂

사랑하는 자를 가까이하지 말라

앞에서 살펴본 '생 · 노 · 병 · 사'는 인간이 시간적인 존재로 살아가는 한, 언젠가는 겪을 수밖에 없는 엄숙한 사실입니다. 게다가 그 시기도 예측할 수 없고 자기 뜻대로 되지 않는 불안과 초조가 우리의 몸과 마음을 휘젓습니다. 그리고 이 엄숙한 사실을 적당히 속이려고 하기 때문에 고뇌가 배가 되는 것이 '고(苦)'의 현상입니다. 또한 인간은 시간적인 존재인 동시에 공간적으로 살아가는 존재입니다. 공간에서도 사람과 사람, 사람과 사물의 네 가지 패턴이 우리와 연관을 가지고 맞서게 됩니다.

첫째 패턴은 '사람과 사람의 관련'으로서 말하자면 대인 관계에서 일어나는 문제입니다. 그 하나가 사랑하는 사람과 헤어지는 괴로움입니다. 육친이나 애인과의 사별이나 생별 (生別)에서 받는 심신의 타격은 오늘날에도 옛날과 변함이 없습니다. 이 사랑하는 사람과 헤어지는 괴로움을 '애별리 고(愛別離苦)'라고 말합니다.

사진식자 연구소(寫眞植字研究所)가 몇 해 전에 문자에 대한 젊은이들의 필링을 알기 위해서 '젊은이들이 가장 좋아하는 문자'를 조사해 보았습니다. 그 결과 1위부터 5위까지에 남자는 '심(心)·애(愛)·미(美)·성(誠)·산(山)'을, 여자는 '애(愛)·미(美)·심(心)·화(和)·성(誠)'을 골랐습니다. 특히 '애'를 남자는 2위로, 여자는 1위로 들고 있습니다.

이런 기호(嗜好)는 현재도 변하지 않았을 것입니다. 날마다 보는 텔레비전이나 주간지 등에서 '사랑'이란 말이나 활자를 많이 듣기도 하고 보기도 합니다. 그런데 이처럼 즐겨 쓰이는 '사랑'의 본질에 대해서 젊은이들은 정확하게 파악하고 있지 않은 것 같습니다.

작가인 사사자와 사호(笹澤左保) 씨는 "현대 사회가 정말 인간애로 가득 차 있다면 '사랑'이라는 말이 이렇게 범람할 리가 없다"고 역반응(逆反應)을 지적하며 현대 사회의 불건전함을 탓하고 있습니다.

나는 역시 사랑은 '무상하고 괴로운 것'임을 부정할 수 없습니다. '만남은 이별의 시작'이란 말이 있듯이 사랑은 언제 무너질지 알 수 없는 불안과 자기 마음대로 되지 않는 초조감이 언제나 뒤따르기 때문입니다. 사랑은 증오로 변합니다.

그런 가운데서 자기 자신을 똑바로 가누기란 쉬운 일이 아닙니다.

이것을 210번의 법구는 말하고 있습니다. 이 법구는 다음과 같이 서열을 바꾸면 이해하기가 쉽습니다.

"사랑하는 자에게 다가가지 말라. 사랑하는 자를 보지 못하는 것은 괴로움이다. 사랑하지 않는 자에게 다가가지말라. 사랑하지 않는 자를 보는 것도 괴로움이다."

'사랑하는 자에게 다가가지 말라'란 '사랑은 괴로움을 부르는 원인이 되므로 사랑하는 자에게 가까이 가지 말라'는 뜻일 것입니다. '사랑하는 자를 보지 못하는 것은 괴로움이다'라는 말은 굳이 설명할 필요가 없습니다. 가까이하는 것도 괴로운 일이고 멀리하는 것도 괴로운 일입니다. 그것이 사랑의 성격입니다.

또한 '사랑하지 않는 자를 가까이하지 말라'는 것은, 사랑하지 않는 자를 가까이 하는 것은 증오의 괴로움을 일으키기 때문입니다. '사랑하지 않는 자를 보는 괴로움'에 대해서도 설명할 필요가 없지만 다음 장의 '원증회고(怨憎會苦)'와 맥락을 같이 합니다. 석존께서 말씀하신 괴로움에는 상식적인 고통의 의미 이외에 불안 · 초조의 어감(語感)이 깃들어 있습니다. 그리고 괴로움은 '진실이고 진리'이므로 석존께서는 언제나 괴로움을 진실 · 진리와 같은 의미의 말로 사용하셨던 것입니다.

무상(無常)을 잊고 변치 않는 사랑을 맹세하는 어리석음

나에게도 옛 청춘기에 사랑의 상처가 있었습니다. "앞으로는 아무 관계도 없던 사람으로 생각하세요. 매정한 그 여자는 드디어 말했노라." —— 작사자의 이름은 잊어버렸으나, 가사 그대로 애인과의 서글픈 이별의 괴로움의 경험을 가지고 있습니다. 40여 년 전의 그녀의 젊은 모습에다 써넣은 찬(贊:그림에 적어 넣는 시문이나 말)처럼 이 한 수의 노래는 내 가슴속에 박혀 있습니다. 부끄럽게도 사랑이 미움으로 변해 버린 것입니다.

나에게는 또한 양친과의 사별로 인한 슬픔이 잊을 수 없는 괴로움으로 남아 있습니다. 그 아픔은 〈열반도(涅槃圖)〉를 경배할 때마다 쓰려옵니다.

〈열반도〉는 석존께서 80세(B.C.544)로 열반에 드실 때의 정경을 나타낸 그림입니다. 그 그림에서 석존께서는 사라수(沙羅樹)[7] 아래서 머리를 북쪽으로 얼굴을 서쪽으로 향한 채 오른쪽 겨드랑이를 아래로 하고 누워 계십니다. 주위에는 제자들과 새와 짐승, 천녀(天女), 귀축(鬼畜)까지도 통곡하면서 석존과 사별하는 괴로움을 표현해 놓고 있습니다.

구름 위에는 한 사람의 젊은 여성이 깊은 슬픔에 잠겨 서 있습니다. 석존을 낳고 곧 젊어서 세상을 떠난 어머니 마야입니다. 마야는 석존과 사별할 때의 젊음 그대로입니다. 그

---

7) 용뇌향과(龍腦香科)에 속하는 상록 교목. 인도 원산으로 인도 · 히말라야 중서부에 분포함. 사라쌍수(沙羅雙樹)라고도 함.

것은 석존의 가슴 속에 감춰 둔 모정(母情)을 표상한 것으로 보입니다.

우리는 "부모님이 살아 계시면 지금쯤 연세가 어떻게 될 것이다"라고 나이를 계산할 수는 있지만 그 노령의 모습은 상상할 수 없습니다. 언제까지나 사별한 당시의 모습이 우리의 뇌리에 남아 있는 것입니다. 헤어진 애인에 대해서는 '이제 할머니가 되어 있겠군' 하고 그 늙은 모습을 상상할 수는 있어도 부모에 대해서는 그렇지 못합니다. 바로 여기에 육친과의 이별의 특이성이 있는 것입니다.

〈열반도〉의 동물들이 통곡하는 모습에서도 공감을 하게 됩니다.

우리가 사랑하는 가축이 죽었을 때 눈물을 흘리는 것은 생명을 가진 만물과 인간 사이는 결코 남이 아니라 어딘가에 마음 속으로 통하는 연(緣)이 있기 때문입니다.

하쿠인 선사(白隱禪師)는 '5세기에 한 사람밖에 세상에 나타나지 않는 훌륭한 고승'이라고 합니다. 이 하쿠인 선사를 키운 스승이 바로 쇼쥬(正受) 스님입니다. 하쿠인은 쇼쥬 밑에서 수행을 마치자 다시 도를 닦기 위하여 여행 길에 올랐습니다. 쇼쥬는 사랑하는 제자와의 이별을 슬퍼하여 전송하는 발걸음을 멈추지 않았습니다. 고승인 쇼쥬와 도를 깨친 하쿠인이 서로 손을 마주 잡고 눈물을 흘리면서 이별을 슬퍼하는 광경을 상상하면 나도 가슴이 뭉클합니다. 이 하쿠인은 '애별리고(愛別離苦)'를 "만날 때에는 헤어질 길이 마련되어 있으니 몸에 따르는 그림자가 될 친구는 없단 말인가"하고 영탄(詠嘆)하였습니다. 만날 때가 이별의 시작이며, 그림자처럼 이별없는 친구는 얻을 수 없다는 뜻입니다.

이것은 하나의 절창(絶唱)입니다. 사랑하는 사람과의 만남에는 반드시 이별이 약속되어 있습니다.

사람은 고립되어서는 살아갈 수 없습니다. 사람은 무인도에서 혼자 살아가는 듯이 보여도 어디선가 어떤 형태로 다른 사람과 연결되어 있어야 살아갈 수 있습니다. 사람은 연(緣)으로 살게 되는 것입니다. 인간은 이와 같이 한 개체로는 살 수 없는 존재입니다.

그런데 다른 사물과 관련을 가지면 욕심이 생기고 남과 관련을 갖게 되면 사랑과 미움이 싹트게 됩니다. 인간은 혼자서는 살아갈 수 없지만 남과 어울리게 되면 반드시 사랑과 욕망의 소용돌이 속에 빠져 괴로움을 당하게 됩니다. 이 괴로움을 느끼지 않고서는 살아가지 못합니다. 이 사실을 알면 '사랑하는 것은 등대의 불빛, 사랑받는 것은 촛불의 불꽃' 등으로 감정적으로 처리할 수는 없는 것입니다. 그리고 '사랑은 무엇인지 알 수 없는 것'이라고 하여 사랑으로부터 도피하는 것은 해결이 아니라, 다만 상처를 깊게 하는 어리석은 일이라는 것을 알게 됩니다.

인간이 인간을 사랑하는 것은 쉬운 일이 아닙니다. 우리의 마음도 육신과 더불어 언제나 변하고 유전(流轉)을 계속하는 무상한 존재입니다. 이 무상의 궤도에서 변치않는 사랑을 맹세하는 어리석음이 인간을 괴롭힙니다. 이 인간성을 여러 가지 각도에서 배우고 깨닫는 것이 괴로움의 문제에 대처하는 길입니다.

사랑하는 사람과 헤어지는 괴로움〔愛別離苦〕·2

지혜의 눈이 흐린 사람은
애욕에 빠지고 다툼을 즐긴다
지혜의 눈이 맑은 사람은
근신(勤愼)과 근면을
보물처럼 지켜 나간다 (26)
愚人意難解 貧亂好諍訟
上智常重愼 護斯爲寶尊

사랑에서
근심과 두려움이 생기고
사랑에서
완전한 자유를 얻은 사람에게
어찌 근심과 두려움이 있겠는가 ?(212)
好樂生憂 好樂生畏
無所好樂 何憂何畏

'사랑이 없는 섹스가 가장 순결……'

우리는 지혜의 눈이 흐려지면 자신을 잘 볼 수 없어 자기
를 지킬 수 없게 됩니다. 예컨대 사랑에 대한 지혜의 눈이 흐
려지면 사랑이라는 명목으로 본능에 따라 줄달음을 치게 됩
니다. 그리고 이것을 현대인은 얄밉게도 '자유·해방'이라

부르고 있습니다.

작가인 이시카와 다츠조(石川達三) 씨는 "자유 · 해방의 의미를 다시 생각해 봐야 한다. 성(性)의 해방이란 성의 유혹에 넘어가는 것이 아닌가. 남에게 폐가 되는 것을 고려하지 않고 제멋대로 행동하고도 부끄러워할줄 모르는 것은 인내의 포기가 아닌가"하고 충고하였습니다.

우리가 올바른 권리를 가지고 타인으로부터의 해방이나 자유를 요구하는 것은 좋습니다. 그러나 자기 자신의 '애욕으로부터의 해방과 자유'를 얻고 싶어하는 소중한 소원을 거의 버리고 있습니다. 따라서 올바른 자기애의 방법을 모릅니다. 자기를 올바르게 사랑할줄 모르는 사람이 어떻게 남을 제대로 사랑할 수 있겠습니까? 사랑이 없이 본능에 치닫는 것을 '애욕'이라고 합니다. 이를테면 '사랑이 없는 섹스'가 그것입니다. 현대인 중에는 애욕에도 괴로움을 느끼지 않는 자가 생겼습니다.

한 잡지에는 W대 3년생인 Y군의 말이 실려 있습니다.

"와세다 대학, 도쿄 대학, 니혼 대학 등 어떤 학생 투쟁의 경우에도 해결 후의 교사(校舍)에서는 노리끼한 잔재물이 묻은 피임구가 많이 발견되었다. Y군은 이것을 인정하면서 사람들의 비난에 다음과 같이 대답하였다. '그들은 진지하게 마음속에서 우러난 해방을 외쳐대며 필사적이었어요. 오직 혁명만으로 사는 보람을 느끼는 동물이지요. 그러므로 투쟁하는 사이에 틈을 내어 휴식을 찾지요. ……필연적으로 독점이 없는 프리 섹스의 세계가 되어버려요. 사랑 같은 것은 찾아볼 수 없는 섹스야말로 가장 순결해요'하고 사랑을 부정합니다."

'혈연적 애정'의 배후엔 언제나 숨어 있는 '증오'

이 취재 기사를 읽었을 때 문득 "지혜의 눈이 흐린 사람은 애욕에 빠지고 다툼을 즐긴다"는 법구가 상기되어 실로 마음이 아픕니다. 만일 이 기사대로라면 그들은 지식은 갖고 있을지 모르지만 지혜의 눈은 흐려 있는 것 같습니다. 지식과 지혜는 다릅니다.

지혜는 자기의 내면으로 쏠리는 눈입니다. 이 눈이 흐려지면 자기의 존재를 받쳐주는 자기 속의 또 하나의 자기 —— 순수한 인간성에 접하여 자각하고 싶어하는 인간 본래의 소망에 불감증(不感症)이 됩니다. 무엇보다도 중요한 것은 이 지혜의 눈을 뜨게 하는 일입니다. 그래서 "지혜의 눈이 맑은 사람은 근신(謹愼) 근면을 보물처럼 지켜 나간다"고 이 법구는 권하고 있는 것입니다.

석존께서는 저 먼 옛날에 '사랑'에 대해 깊은 사색을 거듭하셨습니다. 이 《법구경》에서도 몇 편을 사랑에 관해 읊었는데, 언제나 '에고(ego)의 사랑은 평안을 얻을 수 없어 괴롭게 마련'이므로 "에고의 사랑을 초월하라"고 보다 높은 차원의 사랑을 가르치고 있습니다.

《법구경》의 212번 법구가 바로 그 한 예입니다. 이 사랑의 원어는 팔리어인 피야(piya)로 영어로는 Enderment(총애)라 번역하고, 한문으로는 호락(好樂)이라고 번역됩니다.

피야의 어감은 '혈연적인 애정'입니다. 어떤 이름의 사랑도 사랑의 배후에는 언제나 미움이 숨어 있습니다. 혈연애가 일단 미움으로 변하면 심각한 싸움이 벌어지는 것은 누구나 경험하는 일입니다. 피야인 사랑도 '원증회고(怨憎會苦)'의 원인이 되는 것입니다.

이와 비슷한 법구로,

> 애희(愛喜)에서 근심이 생기고
> 애희에서 두려움이 생긴다
> 애희에서 벗어난 이에게
> 어찌 근심과 두려움이 있으랴? (213)
> 愛喜生憂 愛喜生畏
> 無所愛喜 何憂何畏

라는 구절이 있습니다. 애희의 원어는 타인에 대한 우정을 의미하는 팔리어인 페마(pema)로, 영어로는 affection(애정)이라고 번역하고, 한문으로는 애희(愛喜)라고 번역합니다. 친구도 지금은 경쟁자로 보고 친구에게 우정을 갖는 것도 무거운 짐이 되는 것 같습니다. 경쟁자를 미워하는 것은 바로 '에고의 사랑'이 시키는 짓입니다. 친구를 갖는 것은 괴로운 일이라고 말하는 사람도 있지만 친구가 없는 것만큼 쓸쓸하고 괴로운 일은 없습니다. 우리가 궁지에 몰렸을 때 실제로 우리를 구해주는 것은 친척의 사랑보다도 오히려 우정인 경우가 많기 때문입니다.

사랑하는 사람과 헤어지는 괴로움〔愛別離苦〕· 3

애락에서 근심이 생기고
애락에서 두려움이 생긴다
애락을 초월한 사람에게
어찌 근심과 두려움이 있으랴 ?(214)
愛樂生憂　愛樂生畏
無所愛樂　何憂何畏

'애욕'은 팔리어로 '성애(性愛)'를 의미한다

위의 법구에서 애락의 원어는 팔리어인 라티(Rati)로 특정한 개인에 대한 사랑을 가리키며 연애도 그 한 예입니다. 영어로는 attachment(애착)라 번역하고, 한문으로는 염희(念喜)라고 번역합니다. 사랑의 기쁨과 슬픔, 즐거움과 괴로움이 종이 한 장 차이라는 것은 예나 지금이나 마찬가지입니다. 한자어 번역의 염희 —— 기쁨을 늘 염두에 두고 있다는 것은 명역입니다.

이와 비슷한 법구로,

애욕에서 근심이 생기고
애욕에서 두려움이 생긴다
애욕을 초월한 사람에게
어찌 근심과 두려움이 있으랴 ?(215)

愛欲生憂 愛欲生畏
無所愛欲 何憂何畏

　라는 구절이 있습니다. 애욕의 원어는 팔리 어로 성애(性愛)
를 의미하는 카마(kama)이며, 영역은 lust(색욕), 한역으로는
탐욕(貪欲)입니다. 우리가 피투성이가 되어 괴로워하는 성
애입니다.

　　갈애(渴愛)에서 근심이 생기고
　　갈애에서 두려움이 생긴다
　　갈애에서 벗어난 이에게
　　어찌 근심과 두려움이 있으랴 ?(216)
　　渴愛生憂 渴愛生畏
　　無所渴愛 何憂何畏

　갈애의 원어는 팔리어인 탄하(tanhá)로 '병적으로 집착하
는 사랑' 을 의미하고, 영어로는 craving(갈망)으로 번역되며,
한문으로는 갈애(渴愛)로 번역됩니다.
　석존께서는 사랑을 이와 같이 호락 · 애희 · 애락 · 애욕 ·
갈애의 다섯 가지 패턴으로 나누었지만 그 근원은 갈애에 있
다고 했습니다. 갈애가 중심이 되는 데서 무한한 불안 · 고
뇌 · 두려움이 생겨 인간은 심신이 함께 칠전팔도(七顚八
倒)[8]의 괴로움을 맛보게 되는 것입니다.
　이 고뇌의 근원인 갈애를 승화시키는 데는 "갈애의 밑바
닥에도 '자비' 의 마음이 묻혀 있으니 이 자비심을 길어올리

라"고 석존께서는 가르치셨습니다. 그러나 이에 대해서는
나중에 배우기로 하고, 여기에서는 현대에도 이른바 '사랑'
이라는 명목으로 인간이 얼마나 횡설수설하고 있는가를 확
인해 보기로 하겠습니다.

쇼와(昭和)[9] 의 방랑 가인(歌人)이며 선승(禪僧)인 다네
다 산토카(種田山頭火)가 겨울에 눈이 오는데 탁발(托鉢)[10]
을 하면서 규슈(九州)의 와카마츠(若松)의 홍등가(紅燈
街)[11]에 이르렀습니다. 고해(苦海)의 생활을 하고 있는 유곽
(遊廓)의 여자들은 앞을 다투어 그에게 5전이나 10전을 보
시(布施)했습니다. 그런데 산토카는 뜻하지 않은 희사(喜
捨)에 마음이 흔들려 어느 집에 들어가서 술을 마냥 퍼마시
고 마침내 여자를 껴안게 되었습니다. 취기에서 깨어나자 산
토카는 다시 본래의 자미승(慈米僧)으로 돌아가 눈이 내리
는 길을 이번엔 여자가 아닌 자기의 고뇌를 안고 걸어가면서
고심한 끝에 노래를 지었습니다.

바람 속에 자신을 채찍질하며 걸어가네
구제받을 길 없는 내가 걸어가네

---

8) 일곱 번 구르고 여덟 번 거꾸러진다는 뜻으로 험난한 고비를 많이 겪
   음을 이르는 말.

9) 1926년 12월 25일 이후의 일본의 연호(年號).

10) 수도(修道)하는 스님이 경문을 외면서 집집마다 다니며 동냥을 하는
    일.

11) 붉은 등(燈)이 켜져 있는 거리라는 뜻으로, 유곽이나 화류계(花柳界)
    를 이르는 말.

우리들의 가슴을 찌르는 나직한 통곡의 구절입니다. '구제받을 길 없는 나'란, 자기로서는 어떻게도 할 수 없는 갈애를 잔뜩 짊어지고 있다는 자각에서 나온 말이라고 하겠습니다. 자기의 괴로움에 대한 무게를 확인하고 있는 것입니다. 그러나 이 확인이 이윽고 풍부한 인간성을 깊게 하는 원인이 되는 것입니다.

서로 미워하면서 살아가는 괴로움〔怨憎會苦〕

탐하지 말고 다툼을 좋아하지 말며
애욕에 빠지지 말라
자주 묵상(默想)하고 방종하지 않으면
반드시 마음의 평안을 얻게 되리라 (27)
莫貪莫好諍 亦莫唯欲樂
思心不放逸 可以獲大安

사랑에 지나치게 빠지는 위험을 '탐하지 말라'

우리는 헤어지고 싶지 않은 사랑하는 사람과 헤어져야 하는 '애별리고(愛別離苦)'를 경험하는 반면에, 헤어지고 싶어도 헤어지지 못하고 미워하고 원망하면서 함께 살아야 하는 경우도 있습니다. 즉 대인 관계에서 제 2의 괴로움의 패턴인 '원증회고(怨憎會苦)'가 바로 그것이라 하겠습니다.

이 괴로움은 처음부터 원수끼리 상종하여 생기는 것이라고만 볼 수는 없습니다. 다시 말해 어제까지의 사랑이 오늘은 미움으로 돌변하는 경우도 많은 것입니다. 그것은 앞에서 말한 바와 같이 사랑에는 미움과 원망에의 변신이 잠재하기 때문입니다. 사랑이 변하여 서로 미워하면서도 헤어질 수 없는 심각한 괴로움이 바로 원증회고입니다.

이 27번의 법구는 먼저 '탐하지 말라'고 호소하고 있습니다. 사랑에 너무 빠지면 싫증이 나서 미움으로 변하기 쉽고 원망을 불러일으키게 됩니다. 사랑의 교류가 원망과 증오의 역류(逆流)로 변하는 순간, '사랑스러움이 넘쳐 미움이 백 배'가 되는 역반응을 일으킵니다. "자주 묵상하고 방종하지 않으면 반드시 마음의 평안을 얻게 되리라"는 가르침의 까닭이 여기에 있습니다.

사사로운 이야기를 하여 죄송하지만 나는 세 살 때 생모와 사별하고 계모(繼母)의 손에서 자랐습니다. 계모는 나를 무척 사랑해 주었으며, 나도 계모를 잘 따랐습니다. 그런데 나는 중학교에 진학했을 때 의리(義理)의 모자 관계임을 알고 어린 나이에 큰 충격을 받았습니다. 그 다음부터 나의 싸늘한 태도가 계모에게 상처를 안겨 주게 되었습니다. 두 사람 사이의 틈은 점점 벌어지게 되었습니다.

내가 결혼하자 계모는 병적인 증오심을 드러내어 아내를 괴롭혔습니다. 다행히 아내가 잘 참아 주었기 때문에 나로서는 큰 짐을 덜게 되었으나 그만큼 아내의 슬픔은 나 이상으로 컸을 것입니다. 계모와 나와 아내, 이렇게 세 사람은 저마다 다른 고뇌에 시달렸습니다. 나는 '사랑이란 무엇인가? 산다는 것은 무엇인가 ?' 라는 벽에 부딪치게 되었습니다.

나는 나의 출생은 축복받은 것이 아닐지도 모른다고 생각해 보기도 했습니다. 나와 생모는 헤어지고 싶지 않은 사랑하는 사람과 헤어진 사이, 즉 '애별리고'가 된 것입니다. 생모의 죽음이 계모와의 만남으로 이어졌고, 계모와 나와 아내는 헤어지고 싶어도 헤어지지 못하고 서로 미워하고 원망하면서 함께 살아야 하는 '원증회고'에 시달렸으므로 삶의 괴로움은 반드시 감각적인 것만은 아닌 것 같습니다.

이와 같은 여러 가지 괴로움을 차례로 경험해 보아야 하는 것 자체가 이미 괴로움입니다. 즉 내가 모태(母胎)에 깃들인 순간 과제가 주어진 것이 아닌가 하는 생각이 듭니다. 나는 뜻밖에 《관무량수경(觀無量壽經)》[12]에 있는 다음과 같은 '왕사성(王舍城)[13]의 비극' 이라는 가르침을 받게 되었습니다.

골육상쟁(骨肉相爭)의 '왕사성의 비극'

기원 전 4,5세기경 중인도의 마가다 국 수도 왕사성에 큰 사건이 일어났습니다. 왕자 아사세(阿闍世)[14]는 아버지 빈바사라(頻婆娑羅) 왕을 미워했습니다. 그리고 석존의 종형인 제바달다(提婆達多)의 꾐에 빠져 왕위를 빼앗기 위해 아버

---

12) 정토종(淨土宗) 3부경(三部經)의 하나. 《무량수관경》·《십육관경》이라고도 함. 424년 강량야사(畺良耶舍)가 번역하였음. 모두 한 권.

13) 중인도 마가다 국 고대의 수도. 지금의 벵갈 주 파트나(Patna) 시의 남방 삐할 지방의 라지기르(Rajgir)가 그 옛터임.

지를 감옥에 가두어 죽게 했습니다. 왕이 살아 있을 동안에 아사세의 어머니 위제희(韋提希) 왕비가 몰래 옥중의 왕에게 식사를 날라다 준 것을 알고 화가 난 아사세는 어머니를 '역적'이라 욕하고 죽이려고 했습니다. 그는 가신(家臣)[15]의 충고로 마음을 고쳐 먹었으나 어머니도 마찬가지로 감옥에 가뒀습니다.

《관무량수경》은 이 비참한 사건의 저변(底邊)에 아사세의 탄생 전력(前歷)을 마련해 두고 있습니다. 즉 빈바사라 왕은 처음에 자식을 두지 못해 점장이에게 가서 점을 쳤습니다. 그 점괘에 의하면 어느 산 속에 있는 선인(仙人)이 죽었다가 다시 환생하여 위제희 왕비의 태중에 깃들이게 되었다고 합니다. 이윽고 왕비는 임신을 하였고 태어난 아기가 바로 아사세라고 합니다. 그런데 그가 아직 태 속에 있을 때 점장이에게서 "이 아기가 태어나면 아버지를 해치게 될 것입니다"라는 말을 듣고 몰래 미생원(未生怨)[16] 이라 불렀다고 합니다. 아버지 빈바사라 왕은 점이 맞아떨어지는 것이 두려워 태어난 지 얼마 되지 않은 아사세를 높은 다락에서 떨어뜨리지만 행인지 불행인지 손가락만 상하고 목숨은 건지게 되었습니다.

아사세는 성장하여 태자가 되어 제바달다에게서 자기가

---

14) 고대(古代) 중인도 마가다국의 빈바사라 왕의 아들. 석가모니의 법적 (法嫡)인 제바달다(提婆達多)에게 귀의하여 부왕을 죽이고 왕후를 가두었으나 후에 부처님의 감화로 참회하고 불교에 귀의하였음.

15) 정승이나 경대부(卿大夫)의 집안일을 맡아 보던 사람.

16) 아사세 왕자의 번역된 이름.

태어났을 때의 비밀을 전해 듣고 슬픔과 분노에서 골육상쟁을 감행한 것입니다. 이 골육상쟁의 심각한 '왕아성의 비극'을 괴로워하는 아사세의 어머니 위제희를 위해 석존께서 설법한 것이 《관무량수경》입니다.

아사세의 탄생, 전력의 설정을 고대 인도의 소박한 사상이라거나 픽션으로 치부하기는 쉬운 일입니다. 그러나 나는 인간의 애증(愛憎)은 결코 하루아침에 생멸되는 것이 아님을 통감했습니다. 그리고 가이 와리코(甲斐和里子) 씨의 '봉우리만 조금 보일 뿐 500명의 다수가 끌어야 하는 천 길 바위가 흙에 숨나니'라는 영탄(詠嘆)을 되새겨 봅니다. 봉우리만 조금 보이는 바위는 빙산과 비슷하여 흙에 가려 보이지 않는 부분이 더 큽니다. 이 바위를 움직이려면 500명이나 되는 많은 사람들의 힘으로도 불가능하다고 합니다. 천 길은 무한한 넓이를 가리킵니다.

인간의 미움이나 사랑도 그 한 모서리만이 현세의 짧은 일생에 흘끗 보일 뿐이 아닐까요? 깊은 곳에 과거 · 현재 · 미래의 영원에 걸친 무량무변(無量無邊)의 바위의 뿌리가 복잡하게 설켜 있는 사실을 아사세의 탄생 전력이 생생하게 나타내고 있습니다. 왕사성의 비극을 현대에도 많이 볼 수 있는 것은 정말 슬픈 일입니다. 위제희 왕비가 석존에게 "저는 어찌하여 자식에게 이런 변을 당하는 걸까요? 그리고 당신과 같이 덕이 높은 스승이 어찌하여 혈연으로 이어진 제바달다에게 박해를 받는 걸까요?"하고 한탄과 푸념을 했습니다. 그것은 또한 현대인의 신음 소리이기도 합니다.

자기 자식을 높은 다락에서 떨어뜨린 빈바사라 왕 같은 사람을, 유감스럽게도 오늘날에도 볼 수 있습니다. 땅 속에 묻혀 있는 인간의 애증의 땅밑 줄기는 그야말로 불사조입니다. 이 애증이 때때로 흘끗 그 봉우리를 보여줍니다. 나는 그 부분만을 본 근시안적 비평보다 '땅 속에 깊이 숨어있는 질척질척한 인간의 생명욕의 추악상을 똑바로 잘 보라'고 말하고 싶습니다.

아무리 구해도 얻지 못하는 괴로움〔求不得苦〕·1

하늘이 보물을 소나기처럼 내려도
사람의 욕망은 끝이 없으리라
욕망은 적은 쾌락과 많은 괴로움이 있음을
아는 이는 현자(賢者)이니라 (186)
天雨七寶 欲猶無厭
樂少苦多 覺者爲賢

'족한 줄 모르는' 실존적인 허무

제 3의 패턴은 물(物)·심(心)과 아울러 '욕구대로 이루어지지 않는' 고뇌와 초조이며 '아무리 얻으려해도 얻지 못하는 괴로움〔求不得苦〕'이라고 말합니다. 욕망에는 종착역이 없으므로 '하늘이 보물을 소나기처럼 내려도 사람의 욕망은 채워지지 않는' 것입니다. 욕망의 만족감은 그것이 이루어졌을 때의 한 순간뿐입니다. 다음 순간에는 새로운 욕망에 이끌려 인간은 불만의 페달을 밟으며 불만의 무한 코스를 계속 달리게 됩니다.

그것도 가난해서가 아니라 이웃 사람이 차를 샀으니 자기도 갖고 싶은 욕구 때문입니다. 겨우 차를 손에 넣어 만족을 느끼며 시운전을 하는 순간에 자기를 추월한 외국산 자동차를 부러워하는 마음이 생기게 됩니다.

현대의 기계 문명은 인간의 욕망을 충족시키기 위하여 발전된 것이라고 합니다. 그런데 욕망은 끝이 없으므로 여기에 대응하여 기계 문명도 끝없이 진보해 나가고 있습니다. 그래서 현대인을 괴롭히는 '구부득고(求不得苦)'가 생겨난 것입니다. 인간의 지나친 탐욕스런 욕망을 기계문명은 이용하려고 역으로 기계문명 자체도 혼란을 초래했습니다.

'기계 문명이여, 인간을 어떻게 하겠다는 거냐?' 하고 현대는 새로운 고뇌에 시달리게 됩니다. '극성맞다'는 현대어는 이것을 잘 말해 주고 있습니다. 이 극성맞음을 표현하는 것이 바로 '아귀상(餓鬼像)'입니다. 아귀상은 뼈와 가죽만 남은 빼빼 마른 모습을 하고 있지만 배는 만삭인 임산부 이상으로 부풀어 올라 있고, 게다가 한 방울의 저장된 물도 없는 기아 상태입니다. 목이 바늘 구멍처럼 가느다란 것은 얻는 것이 적은 괴로움을 나타내고 있습니다. 손톱은 기를 대로 길고 끝은 구부러져 일단 움켜쥐기만 하면 결코 놓지 않는 극성스러움을 나타냅니다.

아귀가 간혹 음식물을 얻어 그것을 입으로 가져가도 불꽃이 일어 먹을 수 없다는 설정이 있습니다. 손에 들어올 것 같으면서도 들어오지 않는 불안과 초조를 잘 나타내고 있습니다. 아귀의 생활 방식은 이기적이고 다른 사람과의 관계를 무시합니다. 어린이들은 아무튼 이런 생태이므로 '아기'라고도 부르겠지만 오히려 현대의 어른들에게서 아귀의 모습을 찾아보게 됩니다. 그들은 끝없는 욕구 불만을 느끼고 '족한 줄 아는' 지혜는 조금도 갖고 있지 않습니다.

이런 병적인 증상을 오스트리아의 정신과 의사인 프랭클은 '실존적(實存的) 허무'라고 진단했습니다. 그는 《의미 상실 시대의 교육》이라는 저서에서 다음과 같이 말했습니다.

"경제적, 사회적으로 혜택받은 지위에 있어도 마음속 깊은 곳에 만족을 느끼지 못하는 무엇이 있다. 그래서 우리는 공허를 느끼게 된다. 이 공허를 메우기 위해 성적 해방을 부르짖고 히피족에 가담하기도 한다"고.

욕망에는 적은 쾌락과 많은 괴로움이 있음을 아는 이는 현자(賢者)이니라

생각건대 인간의 욕망이 '인(因)'이 되고 기계 문명이 '연(緣)'이 되어 결과적으로 현대의 고도 경제 생활을 하게 되었습니다. 그런데 이 생활이 현대인에게 새로운 괴로움의 '인'이 되어 심신 안정의 추구가 '연'이 되어 그 해결의 장(場)을 관능의 세계에서 찾고 있습니다. 그리하여 레저 산업은 번성했으나 심신의 안정은 얻을 수가 없었습니다. 심신을 안정시키는 장을 자기 이외의 객관 세계에서 구하는 것은 괴로움이 괴로움을 부를 뿐이며 '구부득고'를 가중시킬 따름입니다. 메테를링크(Maèterlinck, Maurice)[17]는 〈파랑새〉에서 두 아이의 여행을 통해 이 진리를 상징하고 있습니다.

석존께서는 "심신의 평안을 얻는 장을 밖에서 찾지 말라"고 한결같이 가르치셨습니다. 이 법구에서도 "욕망에는 적은 쾌락과 많은 괴로움이 있음을 아는 이는 현자(賢者)이니라"고 말씀하셨던 것입니다.

'지족(知足)'에 대해서도 족한 줄 아는 장을 자기 자신 안에서 찾아야 비로소 지족의 기쁨을 알 수 있을 것입니다. '족(足)하다'는 '발〔足〕'이기도 합니다. 우리는 발을 아는 데 소홀합니다. 발을 안다는 것은 자기의 발치를 바라보고 자기를 배워서 아는 예지입니다. 자기를 사랑하려면 자기 속에 묻혀 있는 또 하나의 자기와 지기(知己)가 되어야 합니다. 그러므로 '지족'은 인간의 사치스러운 지혜입니다. 사치란 인간만이 배워서 맛보는 기쁨이기 때문입니다. 그것을 잠재워 두는 것은 아까운 일입니다.

그러나 '지족'은 외부의 강요나 초라한 자위(自慰)여서는 안 됩니다. 자진하여 충족의 장을 자기에게서 스스로 발견하는 눈을 떠야 합니다. 여기서는 현대의 특이한 '구부득고'의 사실을 또 다른 법구로 관찰해 봅시다.

---

17) 벨기에의 시인, 극작가. 프랑스 상징파의 영향으로 상징주의 연극에 새로운 부면을 개척하였음.

아무리 구해도 얻지 못하는 괴로움〔求不得苦〕· 2

쾌락에 눈이 어두워
관능(官能)을 바로잡지 못하고
음식을 절제없이 탐하는 사람은
심약하고 근면함이 모자라며
마귀에게 미혹되어
바람에 흔들리는 풀잎처럼
평안할 때가 없어라 (7)
行見身淨 不攝諸根
飮食不節 漫墮怯弱
爲邪所制 如風靡草

모든 존재는 무한한 과거를 잉태하고 있다

이 법구는 인간이 욕망을 추구하는 한, 불안이 따르게 마
련이라는 것을 읊고 있습니다. 허망한 쾌락에 취하여 관능의
충동을 억제하지 못하는 사람은 또한 '멋대로' 삶을 탐하는
사람입니다.

'멋대로'란 '하고 싶은 대로'라는 뜻으로 자기가 생각하
고 바라는 대로 행동하는 것입니다. 본인은 요란하게 행동하
는 줄 알지만 사실은 자기의 욕망에 춤을 추는 어리석은 어
릿광대에 지나지 않습니다.

자기 욕망에 대한 패배자이므로 의지가 약하고 끈기도 없

습니다. '마음이 약하고 게으르다'는 가치비판을 받아도 할 수 없을 것입니다. 이 법구는 다시 '마귀에게 미혹된다'고 말했는데, 그 마귀도 자기 몸 안에 도사리고 있습니다. 언제나 마귀가 하는 대로 움직이므로 항상 몸과 마음이 안정을 얻지 못합니다. 즉 '바람에 흔들리는 풀잎처럼 평안을 얻지 못하는 것'입니다.

〈본생담(本生譚)〉[18]에 다음과 같은 이야기가 나옵니다.

〈본생담〉이란 석존의 탄생 이전의 경력을 상정(想定)한 설화로 '탄생 전의 경력'이라고 말하면 이상하게 들리지만 그것은 다음과 같은 상정에 의거합니다.

석존과 같은 대사상가는 갑자기 출현하는 것이 아닙니다. 무한히 먼 과거에서 몇 세기, 몇 세대에 걸친 노력이 쌓여야 비로소 세상에 나타난다는 고대 인도의 웅대한 사상에서 그 유래를 찾을 수 있습니다. 즉 석존께서는 전세에 병자나 여성이나 동물로 태어나 각각의 환경에서 항상 고민하고 수행(修行)하여 남을 구제하고 가르치면서 덕을 쌓았다는 것입니다. 그것은 또한 법(法, 진리)의 보편(普遍)과 사상의 영원을 상징합니다. 즉 탄생 전의 경력은 석존이나 다른 인간뿐만 아니라 모든 존재는 그 한 대(一代)만으로 그렇게 된 것이 아니라 그것이 그렇게 되기 위해서는 무한한 과거를 내포하고 있다는 사실을 시사하고 있습니다.

〈본생담〉은 불교 사상의 발전을 설하는 귀중한 사료(史

---

18) 〈본생설(本生說)〉이라고도 함. 일반적으로는 부처님들이나 여러 사람의 전생에 관한 이야기를 말하나, 원뜻은 석존의 전세에 관한 이야기를 말함.

料)이며 또한 훌륭한 문학이기도 합니다. 그 사상은 회화나 조각의 제재(題材)가 되어 예술 작품으로서 현대에 이르기까지 전해지고 있습니다. 〈본생담〉 547편이 오늘날까지 전승되고 있는데 그 각 편에는 보리살타(菩提薩陀)가 등장합니다. 보리살타는 '나중에 도를 깨치는 사람'이라는 뜻으로 이야기에 수행자로 등장합니다. 구체적으로 말하면 탄생 전의 경력에서 수행 중인 석존을 나타내고 있습니다. 여기에 소개하는 것은 〈한 알의 콩을 아까워한 원숭이〉라는 한 편으로, '구부득고'에 대해 이야기하고 있습니다.

아무리 구해도 지칠 줄 모르는……

먼 옛날 브라프마다타 왕이 페나레스의 수도에 있는 공원을 산책하고 있었습니다. 거리의 사람들이 말의 사료로 쓰기위해 콩을 삶아 준비한 나무통에 넣었습니다. 그것을 본 한마리의 원숭이가 재빨리 나무에서 뛰어내려 그 콩을 입에 가득 집어넣고 다시 양손에 가득 움켜 쥐고는 본래의 나무 위로 뛰어올라가 나뭇가지에 걸터앉아 게걸스레 먹었습니다. 그런데 그 중의 콩 한 알이 손에서 흘러 땅 위에 떨어졌습니다. 그러자 원숭이는 무슨 생각을 했는지 입 안과 손 안의 콩을 모두 팽개치고 땅 위로 뛰어내렸습니다. 그리고는 떨어뜨린 한 알의 콩을 찾았으나 보이지 않자 원숭이는 다시 나무 위로 올라가 시무룩한 표정을 지으며 쭈그리고 앉았습니다.

왕은 이상하게 생각하여 옆에 있는 보리살타에게 그 이유

를 물었더니 보리살타는,

"왕이시여, 어리석은 자들은 크고 진실한 것을 구하려 하지 않고 눈앞의 작은 손실을 만회하려고 안간힘을 쓰고 있습니다" 하고는 시를 읊었습니다.

> 숲속 나뭇가지의 원숭이 가엾어라
> 지혜의 빛은 조금도 없이
> 끝없는 욕망에 쫓겨
> 한 알의 콩을 찾아 헤맨다

왕은 이 시를 듣고 몇 번이나 고개를 끄덕였습니다. ──
〈본생담〉은 이러한 구성으로 사람들의 마음에 호소합니다. 원숭이에게 나타난 탐욕은 아무리 얻고 또 얻어 만족할 줄 모르면서 한편으로는 중요한 것을 스스로 버리고 있습니다. 그리고 언제나 시무룩한 표정입니다. '마귀에게 미혹되어 바람에 흔들리는 풀잎처럼 평안할 때가 없어라' 입니다.

현대인은 자칫 탐욕스럽게 얻은 풍요로운 기계 문명에 싫증을 느껴 휙 내던지고 새로운 도피처를 찾게 됩니다. 그러나 어디에도 평안한 곳이 없어 다시 본래의 공해의 현장으로 되돌아와 실망한 채 팔짱을 끼고 있는 모습에서 우리는 이 〈본생담〉의 원숭이를 보는 듯합니다.

그리고 '구부득고'는 사랑의 경우에도 마찬가지입니다. 사람은 사랑을 악착같이 갈구(渴求)하여 마지 않습니다. 이 그칠 줄 모르는 갈구가 때로는 '애별리고(愛別離苦)'의 비극의 원인이 되기도 합니다.

모든 '존재'에 집착하는 괴로움〔五盛蘊苦〕· 1

잠 못 이루는 이에겐 여름밤은 길고
피로한 이에겐 지척도 천리라
어리석은 사람에겐 윤회(輪廻)가 길어도
진리를 알지 못하느니라 (60)
不寐夜長 疲倦道長
愚生死長 莫知正法

'오온(五蘊)'이란 색(色)·수(受)·상(想)·행(行)·식(識)을 말한다

인간과 사물에 대해 생기는 괴로움의 네번째 패턴이 '오성온고'입니다. 이 괴로움은 지금까지 학습한 생·노·병·사, 애별리고(愛別離苦), 원증회고(怨憎會苦), 구부득고(求不得苦)의 일곱 가지 괴로움의 근원이기도 하며 또한 그것의 총괄이기도 합니다.

'온(蘊)'은 '각 요소가 각각의 작용을 하면서 모여 있는 것'이라는 의미입니다. 우리가 실재(實在)라고 생각하는 존재는 모두 다섯 가지 요소(색·수·상·행·식)가 합쳐진 결과의 물질적인 현상(공간적인 존재)입니다.

이 '물질적인 현상', '공간적인 존재'에 향해 자아적(自我的) 집착이 작용하게 되면 존재는 모두 괴로움이 되어 자기에게로 되돌아온다는 것이 바로 '오성온고'입니다.

인간도 원래 오온적인 존재이므로 인간이 살고 있다는 것은 바로 오온이 작용하고 있기 때문입니다. 그것이 '오온성(五蘊盛)'입니다. 성(盛)에는 '된다, 형성한다'는 의미도 있습니다. 그런데 살아 있는 한 언제나 이 오온의 얽힘에 이끌려 가게 마련입니다.

예컨대 여기에 한 송이의 꽃이 있다고 합시다. 나는 이 꽃[色]을 볼[受] 때 색채의 개념[想]이 일어납니다. 아름다우므로 나는 이 꽃을 꺾으려고 합니다[行]. 그리고 분명히 꽃을 인식합니다[識]. 그러나 이 간단한 행위 속에도 '수'나 '상'이 강해지면 좋고 싫고의 감정이 생기고, '행'이 성하면 빨리 자기 소유로 만들고 싶다거나, 꽃이 지면 슬프다는 인식의 '식' 때문에 이른바 번뇌가 일어납니다. 이것이 인간이 살고 있는 사실입니다. 이 괴로운 느낌이 없이는 인간은 살아가지 못합니다. 그러므로 살아간다는 것은 고행입니다.

그런데 인간을 괴롭힌다고 생각되는 꽃도 마찬가지로 '오온'의 형성에 지나지 않으며 물질적인 현상으로서 꽃은 다만 꽃으로 피어날 뿐입니다. 그렇다고 인간에게 고락(苦樂)의 감정을 주려고 피어나는 것은 아닙니다. 그렇다면 괴로운 감정은 다른 데서 주어지는 것이 아니라 다른 사람과의 접촉에 의해서 괴로운 감정이 자기 안에서 생기게 된다는 것을 알 수 있습니다.

그리하여 인간으로서 살아가는 것이 괴롭다는 것은 깊은 통찰에서 '인생은 괴롭다'는 것입니다. 이 인생고가 생·노·병·사, 애별리고, 원증회고, 구부득고의 일곱 가지 괴로움이며, 이 일곱 가지 괴로움의 근원적인 괴로움으로써 여덟 번째로 드는 것이 '오성온고'입니다. 거꾸로 '오성온고'를 전개하면 위에서 말한 일곱 가지 괴로움이 되므로 오성온고는 '고제(苦諦)'의 서론이자 결론이기도 합니다.

고제(苦諦)란 괴로움을 괴로움 자체로 응시하는 것

인생은 고행이다 —— 라는 결론만 듣고 석존의 가르침, 즉 불교는 염세관(厭世觀)이라고 속단하고 세상에서 숨어 살거나 자살을 기도하는 과오를 옛날부터 많이 볼 수 있습니다. 다시 말해서 이 착오는 괴로움에 대한 추구가 부족한 데서 일어납니다. 괴로움은 그 자체가 진리입니다. 그렇다고 진리나 사실이 고락 그 자체는 아닙니다. '고제(苦諦)'란 괴롭다고 느끼는 사실을 괴로운 대로 추구하는 것입니다. 괴로움의 진리를 진리로서 순순히 받아들이는 것입니다. 그리하여 괴로움의 진리와 사실의 확인이 '고제'라는 결론에 도달하게 됩니다.

그렇다면 인간은 어찌하여 고민하는가? 그것은 괴로움의 진리에 작용하는 인간 감정의 아집(我執)이 고락을 불러들이기 때문입니다. 이기적인 사랑의 뜨거운 입김이 투명한 괴로움의 진리를 흐리게 합니다.

'잠 못 이루는 이에겐 여름밤도 길다'라는 말은 잠을 자지 못하는 자신에게 문제가 있습니다. 보편적 사실의 시간도 자기 쪽에서 재면 장단(長短)이 생깁니다. 애인과 이야기할 때에는 '가을밤도 짧게' 생각될 것입니다.

'피로한 이에겐 지척도 천리이다' 도 마찬가지입니다. '일리총(一里塚)은 피로한 자가 발견한다' 는 옛 단가(短歌)가 있습니다. 옛날에 길에는 1리(4km)마다 흙을 쌓고 팽나무 등 수목을 심어 거리를 표시한 것을 1리총이라고 하는데 오늘날까지 그 흔적을 볼 수 있습니다. 그리고 '매혹되어 지나가면 천리도 1리' 라는 노래가 있습니다. 거리는 변동이 없지만 자기가 그것을 괴로움으로 받아들이고 즐거움으로 받아들이고는 자기의 느낌에 따릅니다.

인생의 행로에도 수많은 '괴로움' 의 표지가 엄연하게 존재합니다. 그 수량도 인생이 복잡해질수록 더욱 늘어날 것입니다. 그러나 표지나 신호는 바르게, 편안하게 길을 가도록 하기 위한 것입니다. 그러나 인생고의 표지는 인간이 자기의 형편에 따라 마음대로 괴로움이나 즐거움으로 받아들이고 있을 뿐입니다. 요즈음 마음이 넉넉한 운전자는 정지 신호가 켜져도 초조하게 여기지 않고 그 사이에 차의 유리를 닦는다거나 백 미러의 각도를 고치기도 하지 않습니까?

우리는 이런 마음의 여유를 가지면서 인생을 살아가는 태도를 배워야 할 것입니다. '가르침을 구하지 않는 자에게는 만나기 어려운 인간 세상도 공허하니라' 라는 신호의 윙크를 잘 바라보아야 할 것입니다. 이 조언에 귀를 막고 괴로움의 신호를 무시하기 때문에 고뇌는 더욱 깊어집니다.

모든 '존재'에 집착하는 괴로움[五盛蘊苦]·2

　"나에겐 지식이 있고 재물이 있다"고
　우매한 자는 자랑에 급급하나
　자랑마라, 나조차 내것이 아니거늘
　어찌 자식, 재산이 내것이리오 (62)
　有子有財 愚唯汲汲
　我且非我 何有子財

'오성온고(五盛蘊苦)'란 '충족 자체'의 공허함과 고뇌

　'오성온고'는 또한 '오온성고(五蘊盛苦)'라고도 풀이할 수 있습니다. 모든 존재를 구성하는 오온이 왕성하다는 것은 요컨대 존재 자체의 성대한 상태를 말하는 것입니다.

　나는 현대인으로서 내 나름대로 '오성온고'를 '구부득고'에 대응하는 고뇌로 받아들이고 싶습니다. '구부득고'는 '충족되지 않는 고뇌'이지만 '오온성고'는 충족된 것에 대한 모순된 공허감에서 비롯되는 고뇌입니다. 더구나 이 고뇌를 고뇌로 자각하지 못하는 데에 현대의 병든 실체가 있는 것 같습니다. 우리는 고도의 경제 생활을 하면서 어디선가 스며드는 싸늘한 외풍에 뺨이 시려운 으스스함에 떨고 있는 것은 아닐까요?

　나의 졸저《반야심경 입문》에서 현대인은 "의식(衣食)은 충족되는데 공허를 느낀다"라고 말했지만 지금은 다시 "의식은 충족되는데 예절을 버렸다"라고 말하고 싶습니다. 인간은 가난할 때에는 예절을 지킬 경황이 없습니다. 전후(戰後) 일본인이 그랬습니다. 그러나 평화가 찾아오고 일본인이 과거에 경험하지 못했던 물질적인 풍요한 생활을 하게 되었는데도 전에 몸에 배었던 예절을 잊어버렸습니다. 그런데 유감스럽게도 이 잘못을 사람들은 아직까지 의식하지 못하고 있습니다. 유실물은 소유자가 유실한 사실을 알아차리지 않는 한, 폐기물이나 마찬가지입니다. 소유물이 많으면 잊어버리거나 잃어버리기도 하는데 풍족한 물질 생활 덕택에 우리는 예절뿐만 아니라 인간성도 상실해 가고 있습니다. 그 때문에 본성을 드러낸 야수성(野獸性)끼리 서로 갈등을 느끼며 괴로워하는 것이 현대의 '오온성고'라고 생각합니다. 여기 62번의 법구는 이러한 현대인의 심정을 꿰뚫어 보고 에고이즘의 교만을 노래하고 있습니다. 또한 현대인은 '어리석은 자'라는 자각을 하지 않으므로 혼란이 계속됩니다.

석존께서는 다시 다른 데서 "밭이 있으면 밭을 걱정하고, 집이 있으면 집을 걱정한다"라고 가진 자의 불안에 대해 가르치고 있습니다. 현대인도 이와 같은 경우로서 불안을 느끼는 것입니다. 그것이 오컬트(Occult)[19] 붐을 불러일으켰는지도 모릅니다.

---

19) 신비롭고 비술적(秘術的)인 학문.

'나의', '나의 것' 하고 왜 매달리는가……

"뽐내지 말라"고 석존께서는 강조하셨습니다. 왜일까 ?

"너희들은 '나의', '나의 것' 하고 집착하지만 모두가 오온의 일시적인 결합에 지나지 않는다. '나'라고 생각하는 '나자신'도 예외가 아니다. 더구나 '내 아들', '내 재산' 이라고 뽐낼 수 있는 존재가 어디 있는가 ? 잘 생각해 보라"고 석존께서는 우리의 집착에 대하여 근원적으로 지적하셨습니다.

그러나 현대인은 냉정하게 귀를 기울이지 못하고 있습니다. 그것은 오온 —— 인간의 존재 의식이 너무 강하여 우리들의 마음(순수한 인간성)을 덮어 버리기 때문입니다. 그러는 사이에 현대인은 '어리석은 자'가 되고 말았습니다. 그런데도 그것을 알아차리지 못하고 고뇌를 고뇌로 생각지도 않게 되었습니다. 이것이 바로 현대인의 '오성온고'의 실체가 아닐까요 ?

바꿔 말하면 우리는 노·병·사의 과정에서 벗어날 수 없는 존재임을 잊고 있습니다. 죽은 다음에 가지고 갈 재산은 하나도 없으며 내 혈육도 죽음의 길동무는 되지 못한다는 자명한 사실을 남의 일로만 생각하고 있습니다. 때문에 우리는 오직 자아에 집착하여 자기 혼자만의 기분대로 남을 괴롭히고 있는 것이 현대의 '오온성고'의 실정일 것입니다.

나는 지난해에 오와리 이치노미야(尾張一宮)의 묘흥사에서 열렬한 미국인 구도자를 만났습니다. 그의 좌선 자세와 청강(聽講) 태도가 진지한 데 감탄했습니다. 그래서 그에게 불교를 믿게 된 동기를 물어 보았더니 그는 이렇게 대답했습니다.

"나는 미국에서 돈을 많이 벌었는데 어느 날 갑자기 쓸쓸함을 느꼈습니다. 그 적요의 원인을 캐는 동안에 돈을 버는 것은 자기가 틀림없지만 그 자기에 대한 추적(追跡)을 잊어버리고 있는 것을 깨닫게 되었지요. 일하는 자기자신을 배우고, 그 '자기'를 만나야 한다고 생각하게 되었지요. 자기가 자기자신이 되기 위해서 일본으로 와 이렇게 앉아 있는 것입니다."

그의 눈은 대단히 맑았습니다. 자기를 내세우지도 않고 어깨의 힘을 빼고는 더듬더듬 말하는 태도가 매우 인상적이었습니다. '자기이면서 실은 자기가 아니다. 그러나 자기이다' 라는 경지까지 도달하지 않으면 참으로 고차원의 경제생활은 불가능하지 않을까요? 우리는 이런 소망을 잊고 있기 때문에 스스로 자기를 괴롭히고 있는 것이라고 생각합니다.

제 2 장 집제(集諦)

—— 무상과 집착을 어떻게 초월하는가 ——

탐욕보다 강렬한 불길은 없고
분노보다 강한 악력(握力)이 없으며
어리석음보다 촘촘한 그물이 없고
애욕을 능가하는 빠른 물결은 없다 (251)
火莫熱於婬 捷莫疾於怒
綱莫密於痴 愛流駛乎河

'집제(集諦)'의 '집'이란 괴로움이 생기는 여러 가지 원인을
말함

  모든 문제를 해결하기 위해서는 그 사태(事態)와 양상(樣
相)을 잘 관찰해야 합니다. 병에 걸렸으면 먼저 증상을 잘
살펴서 병의 원인을 알아내야 합니다. 증상과 원인을 알면
치료법이 정확히 강구될 것입니다.

  우리는 앞 장에서 '인생의 양상은 괴로움이 실정(實情)'이
라고 그 실태를 알게 되었습니다. 그 괴로움도 감각에 그치
는 것이 아니라 인생의 실체임이 분명해졌습니다. 즉 '고제'
를 배운 것입니다. 여기에서는 '인생 괴로움의 원인'을 배우
기로 하겠습니다. 괴로움이 일어나는 원인의 진리를 '집제'
라고 말합니다. '집'은 '사물이 모여서 일어나기 위한 원인'
입니다.

  이 원인은 크게 갈애(渴愛)와 무상(無常)으로 나눌 수 있
을 것입니다. 갈애란 우리가 곳곳에서 열락(悅樂)을 추구하
는 마음의 갈증 현상입니다. 그 갈증의 현상 중 하나가 탐욕

이며 "탐욕보다 강렬한 불길은 없다"고 251번의 법구는 한탄하고 있습니다. 마음이 메말라 있기 때문에 불길이 강하게 타오르는 것입니다. 그리하여 모든 것을 태워 버립니다.

갈애는 충족되지 않으면 증오로 반전(反轉)됩니다. 증오는 다시 분노가 되어 폭발합니다. "분노보다 강한 악력(握力)은 없다"고 법구는 노래하고 있지만 악력이란 사물을 붙잡으면 놓지 않는 집착력입니다. 분노의 악력은 굉장합니다. 갈애는 또한 어리석음(망상)으로 변합니다. '망상'이란 진실이 아닌 것을 진실이라고 잘못 아는 것입니다. 그래서 모든 것을 오해하기 때문에 그물에 비유하여 '어리석음보다 촘촘한 그물은 없다'고 말한 것입니다.

메마른 골짜기에 탐욕이나 분노나 어리석음의 물결이 갑자기 흘러 가면 개천이 넘쳐 지성도 교양도 모두 떠내려가 버립니다. '애욕을 능가하는 빠른 물결'은 없는 것입니다. 갈증은 불을 불러들이는 동시에 물도 불러들입니다.

'선인(善人)'의 어딘가에 숨어 있는 거무칙칙한 갈애

나쓰메 소세키(夏目漱石)의 〈마음〉을 요즈음 다시 읽어 보았습니다. 학생 시절에는 수험 공부를 하느라고 단어의 의미나 문법 중심으로 읽었을 뿐입니다. 처음으로 작품으로서 읽은 것은 작품에 등장하는 '나'라는 청년과 같은 나이쯤 되어서이며, 나 자신이 경험한 연애의 정열로 단숨에 읽어 버렸습니다. 그러나 이번에는 작중 인물이 '선생'을 비롯하여 모두 고뇌에 가득 찬 인생을 살아가고 있다는 것을 절실히 느꼈습니다. 명작에는 반드시 작자의 인생관이 투영되어 있으므로 읽는 사람의 연륜 고하(高下)에 따라 느낌이 달라지기 때문에 흥미가 있습니다. 〈마음〉의 줄거리는 이렇습니다.

'나'는 가마쿠라(鎌倉)의 해변에서 알게 된 '선생'에게서 어딘지 모르게 어두운 그늘이 있음을 느꼈다. 그 그늘에 이끌려 '나'는 선생에게 접근하였다. 선생은 소년 시절에 아버지와 사별하고 믿고 따랐던 숙부에게 유산을 빼앗겼다. 인간에 대해 실망한 선생은 상경하여 대학에 들어갔다. 하숙집 모녀의 친절로 엉킨 마음이 풀어지고 마침내 하숙집 주인 딸에게 호의를 갖게 되었다.

선생은 친구인 K를 자기 하숙집으로 불러들였는데 친구인 K도 그집 딸에게 마음이 이끌려 그녀에 대한 사랑을 선생에게 고백하였다. 질투에 시달리던 선생은 K를 배반하고 그 딸과 결혼했다. 마침내 K는 자살을 했다. 숙부에게 배반당한 선생은 자기 친구를 배반했고 아내를 괴롭혔다. 선생도 이윽고 스스로 목숨을 끊었다. 마치 메이지(明治) 천황과 노기(乃木) 대장의 죽음에 이끌리듯이 ——.

이 내막을 '선생'이 유서 형식으로 젊은 '나'에게 들려주는 것이 〈마음〉입니다. 유서에서 선생은 말했습니다. "평소에는 모두 착한 사람들입니다. 적어도 모두 보통 사람입니다. 그런데 유사시에는 변하니까 무서워요 ——"하고.
'선인'의 어딘가에 거무칙칙한 갈애가 숨어 있는 것입니다. 그것이 때로는 불을 불러들이고 물을 불러들여 죽음까지도 요구하게 됩니다. 자기는 물론 남까지도 괴롭히는 것입니다.

이 〈마음〉이 출판되었을 때 소세키는 스스로 붓을 들어 "자기 마음을 파악하기를 원하는 사람들에게 인간의 마음을 파악한 이 작품을 권한다"라고 쓰고 있습니다.

소세키의 〈마음〉은 작품의 이름인 동시에 인간의 감성적인 〈마음〉을 통찰하는 인간의 본질적인 마음 자체일 것입니다. 욕망이 이끄는 대로 유전(流轉)하고 변화를 계속하는 감정적인 마음의 밑바닥에 묻혀 있는 순수한 인간성의 마음을 말하는 것이라고 생각됩니다. 내가 감정의 상태를 한자인 '心'으로 표기하고 감정의 밑바닥에 묻혀 있는 또 한 사람의 자기, 즉 유일하고 진실한 것을 '마음'이라고 표기하여 구별한 것도 이 소세키의 〈마음〉에서 배운 것입니다.

이 마음을 배우는 것이 병든 마음〔心〕의 대처법이지만 그것은 다음 장에서 이야기하도록 하고 여기서는 병의 원인에 대하여 알아보도록 하겠습니다.

어리석은 자는 한평생이 다하도록
현명한 스승에게 배워도
진리를 알지 못한다.
마치 숟가락이 국 맛을 모르듯이 (64)
愚人盡形壽 承事明智人
亦不知眞法 如杓斟酌食

나 이외에는 모두 나의 스승이다 —— 요시카와 에이지

"어리석은 자는 현명한 스승에게 아무리 배워도 한평생이 다하도록 진리를 깨닫지 못한다. 마치 숟가락이 국맛을 모르 듯이" 하고 이 법구는 담담하게 말하고 있습니다.

생각건대 스승은 특정한 때와 장소에만 있는 것이 아닙니 다. 우리는 '배우자'는 겸허한 마음만 가지고 있다면 자기 주위에 존재하는 모두가 스승임을 알게 됩니다. 그리고 이 무수한 스승은 글자나 말〔言〕 이전의 진리를 전해 줍니다.

지난해에 세상을 떠난 오이시 쥰쿄니(大石順教尼)는 17세 때에 갑자기 격분한 계부(繼父)의 칼에 맞아 양손이 잘려 신 체 장애자로서 노고를 거듭한 끝에 불문(佛門)에 들어갔습 니다. 그녀가 아직 6세의 야나기야 긴고로(柳家金語樓) 등 과 각처를 순행할 때의 일입니다. 시오카마(鹽釜)시의 숙소 에서 어미새 카나리아가 새끼에게 부리로 먹이를 주는 것을 보고 입으로 붓을 물고는 글씨를 쓸 것을 맹세했습니다. 몇 해 동안 고생한 끝에 그처럼 훌륭한 글씨를 쓰고 그림을 그 릴 수 있게 되었습니다. 그 쥰쿄니의 "입으로 붓을 물고 글 씨를 쓰라고 가르쳐 준 새야말로 나의 스승이로다"라는 글 씨를 볼 적마다 나는 몸이 가다듬어짐을 느낍니다. 요시카와 에이지(吉川英治) 씨는 "나 이외에는 모두 스승이다"라고 말 했는데, 모두가 같은 마음일 것입니다.

인간은 교만해지면 자기 주위의 스승이 보이지 않는다고 합니다. 때문에 스승을 만나고도 "……한평생이 다하도록 배워도 진리를 깨닫지 못함은 마치 숟가락이 국맛을 모르듯이"라고 한 것처럼 만났으면서도 만나지 못하고 있음을 한 탄하고만 있는 것입니다.

석존께서는 '교만하다'라는 말을 자주 합니다. 이 교만은 '명정(酩酊)'과 뜻이 같은 말인 것 같습니다. 인간의 마음속에 꿈틀거리는 거무칙칙한 생명욕(無明이라고도 한다)에 자기가 도취되어 인생을 취기 어린 눈으로 바라보는 태도를 '교만'이라고 합니다. 그리고 석존께서는 "무명(無明)의 명 정(酩酊)에서 깨어나라!"고 말씀하셨습니다. 명정은 병이 아니므로 깨어나면 올바른 자의식을 갖게 됩니다. 그리고 깨어남을 '깨달음'에까지 심화시키면 비로소 "인간이란 무엇 인가?"하고 배우려는 충동이 일어나게 됩니다.

에신 승도(惠心僧都: 겐신[源信])는 '부정(不淨)·고(苦)· 무상(無常)'이 인간의 세 가지 모습이라고 말했습니다. 우리가 이것을 알고 있으면서도 여전히 집착하는 데 고감(苦感)의 원인이 숨어 있습니다.

인간을 흔히 범부(凡夫)라고 말합니다. '범부'는 무지한 사람은 아닙니다. 모든 것을 잘 알고 있으면서 애착에 사로잡히는 것이 범부이며 인간입니다. 그래서 지식과는 별도로 지혜를 깨치게 하는 스승이나 가르침이 요구되는 것입니다.

사람은 '간(間)'에 괴로워하고 '간'을 생각하는 존재

사람은 '인간'이라고 읽히고 있지만 중국 고전에서는 '런 지엔 —— 사람의 사이라고 읽는 것을 기억해야 할 것입니다. 인간을 '런지엔' 이라고 읽을 때 사람[人]보다 사이[間]에 강한 의미를 느끼게 됩니다. 즉 육도(六道)중의 지옥·아귀(餓鬼)·축생(畜生)·수라(修羅)와 하늘의 '사이[間]'에 '사람[人]'이 놓여 있는 상태인 이 '인간'을 내 자신의 투영(投影)이라고 볼 수 있을 것입니다.

나는 하루에도 몇 번이나 화를 내고 미워하며 신경질을 불러일으키는 '지옥'의 세계에서 뻔뻔스럽기 이를 데 없는 욕망에 사로잡혀 날뛰는 '아귀'와 본능을 억세게 하는 '축생'의 세계 사이를 헤맵니다. 그리고 남과 싸우는 '수라'[20]와 뿌리 없는 풀과 같은 쾌락이나 행복에 도취되는 '하늘'의 세계 사이를 방황합니다. 그리하여 점점 자기 자신이 자기 자신을 싫어하게 되는 것입니다.

그러나 그 사이에도 공부를 한다거나 혼잡한 버스 안에서 남의 짐을 받아 무릎 위에 놓는 흐뭇한 면도 있습니다. 바람직한 세계와 바람직하지 못한 세계 '사이'를 끊임없이 순회(巡廻)하는, 무어라고 형용하기 어려운 존재가 '태도(泰道)'라는 이름의 '인간'입니다. 동시에 이 마음의 유전(流轉) '사이'의 편력(遍歷)에 고민하는 것은 인류뿐이며 다른 생물에게는 없는 현상입니다. 여기에서 '사람[人]'은 '사이[間]'를 괴로워하는 동시에 '사이'를 생각하는 존재이기도 합니다. 그래서 인간은 '생각하는 갈대'라고 일컬어지기도 합니다.

육도(六道)의 '사람[인]'은 바람직한 자기와 바람직하지

---

20) 육도 중의 하나로 아수라(阿修羅)의 준말.

못한 자기 '사이[間]'를 의미합니다. 그리고 자기와 타인 '사이'에 생기는 문제가 바로 '애별리고'와 '원증회고'입니다. 즉 그 고인(苦因)이 자아의 집착에 얽혀 있다는 것도 우리는 배웠습니다.

만남에는 우연이란 없고 모든 것이 '숙연(宿緣)'이다.

　우리들의 선인(先人)들은 '옷깃을 서로 스치는 것도 다생(多生)의 연(緣)'이라고 가르쳤습니다. '다생의 연'이란, 우리가 이 세상에 태어나기 훨씬 전부터 몇 번이나 다시 태어나는 동안에 맺어진 수많은 인연으로 '숙연'이라고도 말합니다. 따라서 '옷깃을 서로 스치는 것도 다생의 연'이란, "길 가는 낯선 사람끼리 소매를 서로 스치는 것도 숙연에 의한 것이므로 전혀 처음 대하는 초면은 아니다"라는 말임을 실감합니다. 그것은 쿄겐(狂言 : 막간 희극) 〈소나무 새 잎사귀〉에 나오는 민간 속담이기도 합니다. 민간 속담인 만큼 높은 데서의 강요가 아니라 일반 서민의 대인 관계의 저변(底邊)을 흐르는 심정입니다. 시간과 공간을 초월하여 사람과 사람 '사이'를 연결하는 동료 의식이었던 것입니다.

　그런데 현대인은 이웃은 말할 것도 없고 혈연에게까지도 유독히 아무 관계가 없는 것처럼 가장합니다. 숙연은커녕 명백한 현재의 인연도 무시하고 그 인연을 끊으려고 무례한 태도를 취합니다. 남에게 관심을 가질 때에는 적대 관계에 놓이면서 나중에는 고독의 괴로움을 핑계 삼습니다. 이 괴로움은 인연을 감지하지 못한, 둔감하고 경박한 인생관에서 오는 당연한 결과겠지요.

인간이 '인간'이기 위해서는 이 '사이'를 서로 밀접하게 결합해야 한다는 것을 알게 된다면 '인간'이라는 말에 묵직한 무게를 느끼게 될 것입니다. 인간 탐구는 여기서부터 시작해야 합니다. '옷깃만 스쳐도 다생(多生)의 연(緣)'에서의 '다생'은 전세(前世)라는 과거에 한정하지 않고 현세에서 미래에 이르러도 연(인연)이 쌓이게 되므로, '타생(他生)'이라고도 말합니다. 신란(親鸞)이 말하는 "일체의 유정(有情, 생물)은 모두 세세생생(世世生生)의 부모 형제이다"도 "산새의 울음 소리를 들으면 아버지로도 생각되고 어머니로도 생각된다"는 옛 노래는 모두 숙세(宿世)의 인연과 통하는 것이라고 하겠습니다.

그리고 '다생의 연'은 부모 형제로부터 산새에까지 이르는 것이므로 스승과의 만남도 '다생의 연'이라고 하겠습니다. 만일 이 인연을 느낄 수 없다면 그것은 자아의 교만에 도취되어 있다고 해야 할 것입니다. 현대인은 '사랑'을 읊고 또 쓰며 즐겨 말하고 있습니다. 그러나 나는 시간과 공간을 초월한 신기한 만남, 즉 숙연을 느끼지 못한다면, '사랑'을 말해서는 안 된다고 생각합니다.

자기보다 미숙한 어린이나 후배에게 그리고 새나 화초에게서도 스승과의 만남을 느낄 수 있어야 비로소 사랑을 말할 수 있다고 생각합니다. 인연의 풍미(風味)를 맛보지 못하는 '숟가락'으로 끝나는 데에 증오의 원인이 깃드는 것입니다.

육체는 성곽과 같아서
뼈는 근간이고 살로 벽을 붙였는데
태어나서 늙어 죽음에 이르기까지
다만 분노와 교만만이 감춰져 있네(150)
　身爲如城 骨幹肉塗
　生至老死 但藏恚慢

인체(人體)는 지(地)·수(水)·화(火)·풍(風)·공(空)의 다섯 가지로 된 오대성신(五大成身)

'육체는 성곽과 같아 뼈는 근간이고 살로 벽을 붙였는데' 가 석존의 인체관(人體觀)이며 무상관(無常觀)이기도 합니다.

석존께서는 인체는 '지·수·화·풍·공'으로 된 오대성 신이라고 생각하셨습니다. '대(大)'는 요소의 의미이고, 지대(地大)는 발(髮)·모(毛)·조(爪)·치(齒)·골(骨), 수대(水大)는 타액〔唾〕과 혈액, 화대(火大)는 체온, 풍대(風大)는 손발의 움직임, 공대(空大)는 공간을 말합니다. 대단히 소박한 생각인데 기원전 4, 5세기경에 이와 같은 분석적인 견해가 있었다는 데에 우리는 주목해야 합니다. 미야모토 무사시(宮本武藏)의 《오륜서(五輪書)》는 지·수·화·풍·공의 다섯 권으로 되어 있습니다. 그의 엄격한 검법(劍法)의 수행에서 얻은 무도(武道)의 책입니다.

오대(五大)의 특질은 견(堅)·습(濕)·난(煖)·동(動)·

무애(無碍)라고 합니다. 이 '오대성신'의 사고 방식은 옛날부터 일본 사람에게 친숙하게 여겨져 노래로도 "지·수·화·풍·공위 오대오륜은 사람의 몸"이라고 불려지기도 했습니다.

'오륜'은 오대를 다섯 개의 원륜(圓輪)으로 표상한 것을 말합니다. 그리고 오대를 탑으로 본뜬 것이 '오륜탑'으로서 지금도 흔히 볼 수 있습니다. 지륜은 사각, 수륜은 원, 화륜은 삼각, 풍륜은 반월, 공륜은 보주형(寶珠形)으로 나타냅니다. 이 오륜탑은 헤이안 기(平安期)[21]의 중엽부터 공양탑(供養塔)이나 묘표(墓標)로 사용되었으며 주로 돌로 되어 있습니다. 현재 사용하는 나무로 된 졸탑파(卒塔婆)의 상부에는 이 오륜이 조각되어 있습니다.

이 '오체오륜' 속에 "분노와 교만이 감추어져 있다"고 법구는 말하고 있지만 그뿐만이 아니라 팔고(八苦) 전체가 숨어 있는 것이 분명합니다. 사이죠 야소(西條八十) 씨의 시에 "작은 은상자에 무엇이 들어 있나. 그 속에는 고뇌라는 글자가 하나"라는 구절이 생각납니다.

우리의 오체는 오대오륜이 인연법(因緣法)에 의해 만나서 구성되어 있으므로 인연이 풀리면 오대오륜도 분산됩니다. 마음도 변합니다. 몸과 마음도 함께 무상해집니다. 이 무상을 괴로워하는 감정인 무상감(無常感)이 원인이 되어 인생

---

21) 일본 정권의 소재지에 의한 시대 구분의 하나. 나라(奈良) 시대의 다음, 가마쿠라(鎌倉) 시대의 앞에 있었으며 캄무 천황(桓武天皇)이 헤이안(平安)으로 천도한 794년부터 1192년까지 약 400년간 지속되었음.

을 고민하는 것입니다.

나는 지금 오키나와(沖繩)로 향하는 교토(京都)의 직물상(織物商) 배인 '니혼마루(日本丸)'의 선실에 있습니다. 배는 이윽고 아마미 오지마(奄美大島) 근처를 지나갑니다. 나는 이미 세상을 떠난 후루카와 다이코(古川大航) 스님을 따라 일본으로 돌아오기 전에 오키나와에 갔습니다. 그때는 전사자(戰死者)의 공양을 위한 항해였습니다.

대전(大戰) 말기에 오키나와 학생들의 본토 소개선(疎開船)인 쓰시마마루(對馬丸)가 아마미 오지마로부터 멀리 떨어진 바다에서 적군의 어뢰 공격을 받아 700여 명의 학생들이 바닷물에 빠져 죽었습니다. 그 공양을 올린 다음에 후루카와 스님은 눈에 눈물을 글썽이며 "아마미 오지마의 파도는 밤새 우는지 흐느끼는지 알 수 없구나"하고 무상함을 읊었습니다.

지금 나와 함께 배에 타고 있는 젊은이는 그때의 학생들과 같은 또래입니다. 어제 강좌에서 쓰시마마루의 비극을 이야기하고 오키나와에 세워진 '고자쿠라의 탑'에 새겨진 시 "어린 나이에 저 푸른 파도에 꽃으로 져 갔구나. 다시는 볼 수 없는 어린 얼굴이 눈앞에 어리는구나"를 읊으면서 함께 눈물겨워했습니다.

그러나 이 비화(悲話)도 기념비와 함께 어느새 풍화되어 잊혀지고 있습니다. 그것 또한 무상의 법이 그렇게 시키는 것입니다. 풍화를 슬퍼하는 우리 자신도 무상의 존재임에 다름없습니다. 이 무상감이 인생에 괴로움을 일으키는 원인의 하나입니다. 그리고 이 덧없는 자신의 존재를 잊고 '분노와

교만'에 몸을 태우며 더욱 괴로움을 심화시킨다고 150번의
법구는 가르쳐 주고 있습니다.

어리석은 사람은 이득을 탐하고
헛된 명예를 좇는다
집에서는 스스로 질투를 일삼고
항상 남에게 공양을 바란다 (73)
愚人貪利養 求望名譽稱
在家自興嫉 常求他供養

통렬한 풍자 '고양이 · 바보 · 중 · 의사 · 선생'

명함 표면에는 물론이고 이면에도 자기의 직함을 가득 인
쇄한 것을 보면 오히려 그 사람에게 공허함을 느낍니다. '어
리석은 사람은 이득을 탐하고 헛된 명예를 구한다'고.

이 어리석은 사람은 지능 지수가 낮은 사람이 아닙니다. 지
능 지수는 보통 사람 이상이지만 오히려 그 때문에 인생의 진
실을 알려 하지 않고 배우려고도 하지 않습니다. 지혜가 모자
라는 사람입니다. 알지 못하는 것이 아니라 알려는 생각이 없
는 것입니다. 그래서 '어리석은 자'라는 말을 듣게 됩니다.

"집에서는 스스로 질투를 하고"라는 말에서 '집'은 가정
이라기보다는 그가 속한 직장이나 조직체를 가리킵니다. 그
곳에서 그는 조금이라도 높은 자리를 차지하려 하고 주도권
을 잡으려 합니다. 그것이 여의치 않으면 '스스로 질투를'합

니다. 나는 전에 '고양이 · 바보 · 중 · 의사 · 선생'이라는 말을 들은 적이 있습니다. 이 말은 사람들이 아직 권하지도 않았는데 당연하다는 듯이 상좌의 좋은 방석에 앉아 있는 것을 풍자하는 것으로 참으로 부끄러운 말입니다. 서열을 다투고 이권을 탐하여 그것을 얻지 못했을 때에는 명함 직위의 명예도 버리고 난폭해집니다. 지성인의 폭력은 음험하고 무섭습니다. 우리는 자기의 직장이나 조직에서 차지한 지위가 일반 사회에서도 그대로 통용되는 것으로 착각을 합니다. 그 어긋남이 밖에서 봉사를 하는 척하고 존경을 요구합니다. 이 교만이 스스로 라이벌을 조성하게 됩니다.

경쟁자는 자기를 성장시켜 주는 존귀한 스승이며 친구라고 생각해야 합니다. 그런데 이기적이 되면 경쟁자를 원수로 생각하게 됩니다. 그러면 명랑해야 할 사회가 '원증회고'로 변해버려, 지옥의 양상이 되어 버립니다.

'불범동거(佛凡同居)'란 인간에게 내재하는 불성(佛性)과 지옥의 공존

에신 승도(惠心僧都 : 겐신[源信])는 천태종(天台宗)[22]의 학승(學僧)이지만 일본에 정토 사상(淨土思想)을 보급시킨 고

---

22) 천태법화종(天台法華宗) · 천태법화원종(天台法華圓宗) · 태종(台宗)이라고도 함. 중국 수나라 때 절강성(浙江省) 천태산(天台山)에서 지의(智顗)가 창립한 종파. 대승(大乘) 불교의 한 파.《법화경(法華經)》을 근본 교의(敎義)로 하고 선정(禪定)과 지혜의 조화를 종의(宗義)로 함.

승입니다. 그의 저서 《왕생요집(往生要集)》은 당시에 중국에까지 알려진 명저입니다. 이 책에서 말하는 '지옥의 사상'을 현대인은 올바르게 배워야 합니다.

현대인은 지옥의 사상에 대하여 모르면서 지옥을 비웃고 자신이 지옥계(地獄界)의 책고(責苦)를 받으면서도 여전히 지옥을 자각하지 못합니다. 나는 현대 사회의 고인(苦因)은 결국 '지옥의 망각'에 있다고 생각합니다.

우메하라 다케시(梅原猛) 씨는 "석존께서는 지옥에 대해 적극적으로 가르치지 않았으나 지옥의 사상과는 깊은 관계를 갖고 있었던 것으로 보인다"고 말했습니다.

겐신의 《왕생요집》은 중국 천태종 개조(開祖)인 지의의 사상을 이어받았고, 다시 160여 경전을 연구하여 풍부한 학식과 깊은 사색 끝에 도달한 '지옥의 사상'입니다. 석존께서는 지옥에 대해 적극적으로 말씀하시지 않았지만 그 사상의 저변에 깔려 있는 지옥의 사상이 겐신에 의해 표면화되었다고 할 수 있을 것입니다.

겐신은 이 책에서 인간의 연약함을 날카롭게 지적했습니다. 이시다 미즈마로(石田瑞麿) 씨는 "겐신의 지옥관을 읽어 나가면 현대의 양상을 말하는 것으로 생각된다. 지옥이 결코 먼 세계가 아님을 실감하게 하는 것이다. 지식으로서는 죽은 후의 먼 피안(彼岸)[23]의 고통스러운 세계라고 알고 있지만

---

23) 범어인 바라밀다(婆羅蜜多, Pāramitā)를 번역한 말로 도피안(到彼岸)의 준말. 생사의 경계를 차안(此岸)으로 하고, 번뇌를 중류(中流)로 하는 것에 상대되는 말. 즉 이승의 번뇌를 해탈하여 열반(涅槃)의 세계에 이르는 일.

사실은 매우 가까운 현실과 그대로 접속된 세계로 생각하는 것으로 보인다"라고 말했습니다. 그는 자기의 저서 《슬픈자의 구원》에서 "지금 걸어가는 길이 그대로 지옥으로 통하는 길이며 혹은 그대로 지옥으로 변하는 현상임을 엿볼 수 있다"고 말했습니다.

지옥을 이렇게 이해해야 비로소 겐신이나 나아가서는 석존의 사상을 올바로 받아들일 수 있을 것입니다. 나라(奈良)의 약사사(藥師寺) 승려 게이카이(景戒)는 일본에서 가장 오래된 불교 설화집 《일본 영이기(日本靈異記)》에서 "지옥이 현세에 있음을 알게 된다"고 말했습니다.

인간은 누구나 지옥 속에서 살고 있으며 또한 누구나 지옥을 자기 몸에 가지고 있다고 생각합니다. 나는 앞의 〈반야심경 입문〉에서 '순수한 인간성은 초월적인 실재'라고 말했지만 지옥도 마찬가지로 초월적인 실재입니다. 즉 순수한 인간성과 지옥은 공존하는 것입니다. '불범동거(佛凡同居)'라고도 말하고 '동행이인(同行二人)'[24]이라고도 일컬어지는 이유가 여기에 있습니다.

훌륭한 사상 설정, 지옥에는 '죽음이 없다'

지옥의 세계는 지역적인 실재(實在)는 아닙니다. 우리들의 전신 행동(신〔身〕·구〔口〕·의〔意〕의 삼업)의 반영을 '세

---

24) 부처님과 범부가 한마음으로 도를 닦는 것을 가리킴.

계' 라고 합니다. 지옥계는 '증오나 타인을 심판하는 신(身)·구(口)·의(意)라는 삼업의 영위의 성과' 이며, 증오를 토대로 하여 타인을 심판하는 생활을 하는 한 우리는 지옥 이외에는 갈 곳이 없습니다. 자기가 스스로 가는 것이지 신의 명령으로 가는 것이 아닙니다.

'이곳을 떠나는 것을 10만 억토(十萬億土)' 라고 합니다. '이곳' 도 지역적인 실재는 아닙니다. 나의 신체는 지금 책상 앞에 앉아 있지만 내 마음은 '생각하는 세계' 에 있습니다. 즉 마음이 있는 장소가 '이곳' 입니다. 마음은 언제나 전전하므로 마음은 주소부정입니다. 그러므로 '이곳' 은 '어디나' 와 같은 뜻의 말이 됩니다.

'10만 억토' 도 공간적인 거리는 아닙니다. 마음이 전전하여 옮아가는 미망(迷妄)의 길입니다. 미망에 사로잡히면 10만 억토 이상일 것이며 깨달으면 10만 억토는 최단거리가 될 것입니다. 그래서 세계도 시간적으로는 현재·과거·미래에 걸쳐 시방(十方)[25]의 시간과 공간을 초월한 장소가 됩니다.

그리고 지옥에는 '죽음이 없다' 는 근사한 사상 설정이 있습니다. 따라서 지옥에서는 자살을 해도 죽을 수 없으며 달리 갈 곳도 없으므로 지옥에서 머무르며 괴로움을 당하게 마련입니다.

겐신은 '8대 지옥' 이라 하여 여덟 가지 지옥계를 구성했습니다. 그 제1계인 '등활(等活) 지옥' 은 인간의 상상을 초

---

25) 동·서·남·북·사유(四維:동북·동남·서남·서북)·상(上)·하(下)의 열 군데를 가리킴.

월한 깊은 지하에 있다고 생각했습니다. 등활이란 '함께 생활하다'는 뜻으로 생전에 적대 의식을 가진 사람끼리 서로 괴롭히고 고통을 당하며 살기 위해 주어진 장소입니다. 이곳이 곧 '원증회고'의 세계입니다.

그들은 미워하는 '적'을 만나면 사냥꾼이 사슴을 발견했을 때처럼 서로 달려들어 상처를 내고 뼈만 남게 합니다. 그 뼈가 이번에는 악귀의 밥이 됩니다. 그러자 어디선가 "되살아나라"는 소리가 들려오면 다시 본래의 신체로 되돌아와 또 원수끼리 싸우게 됩니다. "되살아나라"는 말은 곧 지옥에 죽음이 없다는 말입니다.

나는 지옥의 존재에는 생전과 사후의 구별이 없다고 생각합니다. 생전이란 문자 그대로 탄생 이전의 무의식 세계로 각자의 업(삼업)을 낳는 원인의 깊이를 상징적으로 표현하고 있습니다. 인간에게 선악의 업에 대한 원인은 갑자기 생기는 것이 아닙니다. 먼 과거에서 원인을 찾는 것은 자기 마음의 심층을 응시하는 것과 통합니다. 그것을 가르쳐 주는 것이 지옥의 사상입니다.

현대인은 자기를 선한 자로 평가하고 사회나 타인을 함부로 심판합니다. 그리고 서로 미워하면서 살아가는 '원증회고'의 지옥 세계를 만들어 가고 있습니다.

지옥을 미래에 한정하여 생각할 필요는 없습니다. 오히려 현재의 자기 생활 태도에서 자기의 탄생 전력(前歷)을 읽어야 합니다. 지옥으로 상징되는 인간의 저변(底邊)에 숨어 있는 거무칙칙하고 강렬한 생명욕〔無明〕이 현실의 인간을 괴롭힙니다. 즉 지옥은 결과인 동시에 원인도 됩니다.

나는 현대인의 한 사람으로서 지옥은 결과보다도 오히려 원인으로 보고 싶습니다. 여기에 바로 현대인이 지옥의 사상을 배울 필요가 있는 것입니다. 지옥을 배운다는 것은 과거를 아는 것이며 자기를 통찰하고 자기를 배우는 것을 말합니다.

악을 또다시 저지르지 말지니
악의 행위에 즐거움을 갖지 말라
악의 축적은 견딜 수 없는 고통이 따르리니 (117)
人雖爲惡行 亦不數數作
於彼意不樂 知惡之爲苦

작은 악을 가볍게 여기지 말라
재앙이 내리지 않는다고 해도
물방울은 비록 보잘것없으나
드디어는 큰 그릇을 채우나니
무릇 악으로 가득 차게 됨은
보잘것없는 것이 쌓여 이루어지나니 (121)
莫輕小惡 以爲無殃
水滴雖微 漸盈大器
凡罪充滿 從小積成

'두려운 것을 갖지 않는' 가난

"다시는 악을 저지르지 말라"고 해도 우리는 여전히 악을 되풀이하게 됩니다. 악이 악을 부르는 것입니다. 마약은 한 번 그 맛을 알면 그만둘 수 없게 되는데 이것은 '악 속에서 즐거움을 느끼는' 한 예일 것입니다. 사람은 악을 거듭 행하는 가운데 악의 두려움을 잊고 악을 즐기는 동안에 자기도 모르는 사이에 그 축적의 무게에 압멸(壓滅)되어 버립니다. '악이 쌓이면 참을 수 없는 고통이 되기 때문이다'라고 괴로움의 원인을 밝히고 있습니다.

우리는 도둑질이나 살인처럼 몸으로 하는 악업(惡業)에는 깊은 뉘우침을 갖지만, 입으로 행하는 악은 그다지 뉘우치지 않습니다. 때문에 그만큼 잘못을 되풀이하기 쉽습니다.

그래서 겐신은 8대 지옥의 다섯 번째로 '대규환(大叫喚) 지옥'을 설정했습니다. 이 지옥의 주변에 있는 지옥에서는 거짓말을 한 응보로 죄인은 입술과 혀에 열침(熱針)을 맞거나 혀와 눈이 뽑히거나 몸이 잘려지기도 합니다. "거짓말을 하면 혀를 뽑히게 된다"는 옛 교훈은 여기서 나왔을 것입니다.

그러나 지옥에는 '죽음'이 없으므로 뽑히거나 잘린 혀와 눈 그리고 몸은 곧 원래의 상태로 되돌아가게 됩니다. 그러나 또 거짓말을 하므로 곧 같은 형벌을 받아 영원히 고통을 당하게 되는 것입니다.

---

26) 5계(戒)의 하나로 거짓말하는 것을 금지한 계율.

석존께서는 '불망어계(不忘語戒)'[26]를 설법하셨는데, 그것은 도덕 이상의 가르침입니다. 꽃이 피고 새가 우는 모습은 진실을 그대로 말한 것이며 거기에는 추호도 거짓이 없습니다. 우주의 실상(實相)을 깨닫는 자는 '불망어계'를 지켰다고 석존께서는 가르치셨습니다.

자연이 있는 그대로 진실을 말하는 것을 오관(五官)을 완비한 인간이 깨닫지 못한다면 눈과 귀는 쓸모가 없음을 이 지옥에서 보여주는 것이라고 생각됩니다.

나도 전에는 혀를 뽑히는 지옥의 그림을 보고 대수롭지 않게 생각했습니다. 그런데 한심한 쪽은 내 자신이었습니다. 자신이 교만하기 때문에 지옥에서 외치는 소리도 들리지 않고 대답할 바를 모르는 나 자신을 요즈음에야 겨우 깨닫게 되었습니다.

현대인이 맛보는 고뇌의 원인 중 하나로 우리는 '두려움을 갖지 않는' 가난을 들 수 있을 것입니다. 두려워 할 줄 모른다는 것은 문명인으로서 슬퍼해야 할 일입니다. 고(故)고 이즈미 신조(小泉信三) 선생이 친구의 말이라면서 다음과 같이 소개한 적이 있습니다.

"산에 올라가 고개 마루에서 차를 마시고 있는데 찻집 할머니가 말했다. '나는 젊었을 때부터 무서운 것이 많았지요. 지진, 천둥, 화재, 아버지 이외에도 무서운 것이 많았어요. 그러나 이 무서운 것이 있었기 때문에 오늘날까지 바르게 살아왔지요. 무서운 것이 있다는 것은 다행한 일이지요. 요즈음 사람들에게는 무서운 것이 없어서 탈이에요.' 할머니는 진지한 얼굴을 하고 말했다. 그것은 결코 비아냥이 아니었다. 미안한 말이지만 충분한 교육을 받았다고는 생각되지 않는 이 할머니의 말에서 나는 깊은 감명을 받았다"고.

지옥은 악의 결과가 아니라 미래의 예언이다

우리는 모든 것을 합리적으로 해결합니다. 비합리적인 이야기는 귀담아 듣지 않습니다. 그러나 실제의 인생은 인간 본위의 합리성으로는 해결되지 않는 훨씬 광범위한 '인연의 법칙(인과율)'에 의해서 움직이는 것 같습니다. 무한한 시간과 공간을 초월하여 신이나 악마의 지시가 아닌 '인'과 '연'이 정밀하게 얽혀 다양한 현상을 나타냅니다. 그리고 현상 자체가 인연의 필연성을 말해 주고 있습니다.

이 엄격한 인과율을 무시하는 인간의 교만함이 악을 되풀이하게 합니다. 현대인은 지옥을 악의 결과로 생각하지 않고 자기 미래의 '예언'으로서 배워야 합니다. 지옥도(地獄圖)는 우리 마음속에 감추어져 있는 아직 발견되지 않은 많은 악을 여러 각도에서 보여주고 있습니다. 지금은 그렇지 않지만 언젠가는 이런 악이 폭발하게 될 게 틀림없다고 자기 자신에게 예언해서, 사실이 되지 않도록 자중해야 할 것입니다.

그리고 121번의 법구는 "작은 악을 가볍게 여기지 말라, ……물방울은 비록 보잘것 없으나 마침내는 항아리를 채우나니"하고 티끌 모아 태산이 되는 이치를 가르치고 있습니다.

교토 도후쿠지(東福寺)의 데이쥬(鼎州)라는 고승이 뜰을 산책하고 있을 때 마침 발 밑에 떨어져 있는 소나무의 낙엽

하나를 주웠습니다. 옆에 있던 수행승이 "나중에 청소를 하겠습니다"하고 데이쥬에게 말하자, 데이쥬는 "도를 구하는 자에게는 '나중'이란 없네. 생각이 났을 때 깨끗이 치워야지"하고 준엄하게 말했다고 합니다. 단지 하나의 낙엽이라고 가볍게 여겨서는 안 됩니다. 우리는 '지금 이렇게 있는 것'을 응시해야 합니다. '지금 내가' '여기에' 어떻게 하고 있는가, 그것은 '인'인 동시에 '과(果)'이기도 할 것입니다. 121번의 법구는 누구나 알기 쉬운 만큼 소홀히 하기 쉬우므로 마음속 깊이 새겨 교훈으로 삼아야 할 것입니다.

음행(淫行)에 마음을 둔 자는
애욕의 가지가 날로 자라서
불길이 일어나듯 무성하게 퍼지나니
마치 숲속에서 열매를 탐하는 원숭이처럼 (334)
心放在淫行 欲愛增枝條
分布生熾盛 超躍貪果猿

여자의 꽁무니만 좇아다니는 '중합 지옥(衆合地獄)'

이 334번의 법구에서 머리에 떠오르는 것은 겐신이 설정한 제3의 지옥인 '중합 지옥'입니다. 그곳은 애욕에 빠진 자가 애욕을 실형(實刑)으로 받는 곳입니다. '중합'은 '서로 때려서 매장한다'는 뜻입니다. 애욕에 빠진 남녀들은 양쪽에서 덮치는 산에 깔려 버립니다. "양쪽 산에 끼여 짓눌려

피를 흘리는 사람의 이미지는 나에게 성적(性的)인 비유처럼 느껴진다"라고 우메하라 다케시(梅原猛) 씨가 말한 것처럼 중합 지옥의 생생한 광경이 묘사되어 있습니다. 이곳의 악귀들은 죄인을 책망하면서 다음과 같은 노래를 가르칩니다.

> 네가 받는 괴로움이야말로
> 네가 저지른 죄악의 응보이니
> 이것이야말로 자업자득의 업보로
> 벗어날 길이 없도다

자업자득은 악업(惡業)의 경우에 그 형량(刑量)은 자기가 결정하는 것임을 이 노래에서 알 수 있습니다. 334번의 법구 "음행에 마음을 둔 자는 애욕의 가지가 자라서 날마다 더욱 무성하게 퍼지나니"라 했듯이 겐신은 다음과 같이 구상했습니다.

지옥의 악귀는 애욕에 사로잡힌 남자를 도엽수[27] 숲속으로 데리고 갑니다. 문득 쳐다 본 나무 위에는 미녀가 앉아 있습니다. 남자는 그녀에게 이끌려 나무 위로 올라가는 동안에 칼날 같은 도엽수 잎사귀에 살이 찔려 온몸이 피로 물듭니다. 아픔을 참고 남자가 간신히 나무 위에 도달하여 한시름 놓지만 여자는 어느새 땅에 내려와 있는 겁니다. 그녀는 요염한 눈으로 남자를 쳐다보며 "당신이 그리워 아래로 내려왔는데 어째서 나에게로 와서 안아 주지 않지요?"하고 말합니다.

---

27) 나무의 잎이 칼날처럼 날카로운 나무.

남자는 더욱 정욕에 불타서 나무에서 내려옵니다. 칼날 같은 잎사귀는 또다시 남자에게 상처를 냅니다.

남자가 간신히 땅으로 내려오니 이번에는 그녀가 나무 위에 올라가 있었습니다. 이 고통의 시소(seesaw)가 영원히 반복됩니다. 이 남자야말로 법구에 나오는 '숲속에서 열매를 탐내는 원숭이'일 것입니다. 여자의 꽁무니만 좇아다니며 자신도 상처 투성이가 되는 정념은 점점 사납게 불타오를 것입니다. 게다가 영원히 상처투성이가 된 채 괴로움에 시달리게 될 것입니다.

이 '중합 지옥'도 16개의 작은 지옥으로 에워싸여 있습니다. 그 작은 지옥 중에는 '악견처(惡見處)', '다고뇌처(多苦惱處)', '인고처(忍苦處)'가 있습니다. '악견처'는 남의 아이에게 음란한 행위를 하여 괴롭힌 자가 가는 곳으로 철장(鐵杖)이나 송곳으로 국부를 찔려 고통을 당하게 됩니다.

'다고뇌처'는 호모를 즐긴 자가 가는 곳으로 두 남자가 서로 껴안자마자 신체가 분해되어 죽지만 다시 소생하여 고통을 되풀이하게 됩니다. 부녀를 겁탈한 자는 '인고처'로 끌려갑니다. 그곳에서 거꾸로 매달려 아래에서 치솟는 불길에 그슬리게 됩니다. 애욕으로 치닫는 자의 최후는 이런 곳에 가는 것이 당연한 응보라고 할 것입니다.

애욕고(愛欲苦)는 지옥에서 생겨나 지옥으로 돌아간다

그러나 이 지옥의 경관(景觀)에서 볼 수 있듯이 인간은 누구나 추악한 마음을 가지고 있는 것이 사실입니다. 다만 기회가 주어지지 않았을 뿐이지 언제 폭발할지 예측할 수 없는 애욕의 불발탄임을 우리는 알아야 합니다. 이러한 중합과 그 주변의 지옥에서 보여 주는 인간 감정이 괴로움의 원인인 것입니다.

중합과 그 일군(一群)의 지옥이 인간의 마음에 숨어있는 괴로움의 원인을 나타내는 것에는 변함이 없습니다.

나는 내 친구의 아들인 C와 연예인 N양의 결혼 피로연에서 부탁을 받아 축사를 했습니다. 연예계가 심심치 않게 약혼·결혼·이혼·재혼, 게다가 스캔들로 항상 많은 화제를 뿌리는 것을 유감스럽게 생각한 나는 친구나 양친의 심정을 생각하여 이혼하기 위한 결혼이 아니기를 바라는 마음에서 진심 어린 축사를 했습니다. 결혼이 지옥행의 원인이 되지 않기를 바랐으나 역시 헛된 일이었습니다. 스캔들로 두 사람은 이혼을 하고 말았기 때문입니다. 여기서도 중합지옥을 보았습니다.

그러나 애욕에 열중한 나머지 가는 곳이 지옥이라고는 단정할 수 없습니다. 지옥의 세계가 우리 마음 속에 숨어 있기 때문입니다. 그것이 어떤 기회에 표출되는 것입니다. 우리들이 지옥의 마음을 갖는 데에 그 원인이 있습니다. 지옥에서 태어나 지옥으로 돌아가는 윤회의 일환(一環) 현실의 애욕고(愛欲苦)입니다. 내가 인간은 지옥에 사는 동시에 지옥을 마음속에 지니고 있는 슬픈 존재라고 말하는 이유가 바로 여기에 있습니다.

몸에 상처가 없으면
독으로 인한 해는 입지 않느니
악을 행하지 않는 자에게
어찌 악이 침범할 수 있으랴 (124)
有身無瘡疣　不爲毒所害
毒奈無瘡何　無惡所造作

나의 존재 자체가 부모를 죽였으니……

"몸에 상처가 없으면 독해는 입지 않느니"라는 말은 세균을 한줌 쥐어도 손에 상처가 없으면 독균은 침범할 수 없다는 말입니다. 마찬가지로 '악을 행하지 않는 자'는 사악—— 부정이나 악 —— 은 침범하지 못하는 것입니다. 어떻게도 할 수가 없다는 것이 이 법구의 표의입니다. 이 말은 대단히 평범한 것 같지만 그 밑바닥에는 깊은 의미가 있습니다. 우리는 온갖 악으로 가득차 있는 환경에서 언제나 악을 행하고 있으며 악을 행하지 않고는 살기 어려운 시대에 살고 있습니다. 때문에 우리는 심신이 상처투성이인 채 악에 물들어 갑니다. 날로 해독은 악화하고 상처도 그만큼 깊어집니다. 장래는 도대체 어떻게 될 것인가 하고 종말과 파멸을 두려워하며 한탄의 심정과 통하는 것이 이 법구입니다.

　석존께서는 '오역죄(五逆罪)'를 설법하셨습니다. 이 죄는 '아버지를 죽이고, 어머니를 죽이고, 나한(羅漢)[28]을 죽이고, 사람들의 화목(和睦)을 파괴하고, 불신(佛身)을 해치는 것'으로 모두가 큰 죄입니다. 반드시 살의(殺意)를 가지고 부모를 죽인다는 건 아닙니다. 때로는 흉기도 독약도 저주도 없이 죽이는 경우도 있을 수 있기 때문입니다.

생각해 보면 나도 그 한 사람입니다. 나는 나의 방자함 때문에 성장한 후에도 아버지를 무척 괴롭혔습니다. 그 고뇌가 아버지의 죽음을 앞당긴 사실은 부인할 수 없습니다. 어머니는 나를 낳고 산후의 조리가 나빠서 세상을 떠나셨습니다. 계모(繼母)는 나와의 관계가 원만치 않아 괴로워하였고 대전(大戰)중에 츠(津) 시에서 돌아가셨습니다. 나는 살의도 흉기도 갖지 않았지만 나의 존재 자체가 부모를 돌아가시게 한 원인이 되어 버렸습니다.

나는 성자를 죽인 기억은 없습니다. 그러나 석존이나 성인의 가르침을 전하는 과정에서 잘못 전하는 과오도 있을 수 있습니다. 그것은 바로 성자의 생명을 빼앗는 것이 됩니다. 또한 부끄러운 일이지만 남을 욕하는 경우도 소중한 인화(人和)를 깨뜨리는 일이 됩니다.

나는 이렇게 해서 오역죄 중에서 사역죄를 범하고 있습니다. 나머지 하나인 '불신(佛身)을 해치다'의 죄는 단지 불상이나 불화(佛畵)를 상처내는 것만을 의미하지는 않습니다. 불신은 단엄한 모습인 동시에 노인, 어린이, 꽃, 새, 초목 등 모든 것이 불신의 모습입니다. 그것들을 상처내고 파손하고 고통을 주고 있습니다.

---

28) 아라한(阿羅漢)의 준말. 소승의 교법을 수행하는 성문(聲聞) 4과의 가장 윗자리. 응공(應供)·살적(殺賊)·불생(不生)·이악(離惡)이라고 번역됨.

이리하여 우리는 살아 있는 동안 오역죄를 범하지 않고는 살아갈 수 없는, 남을 해치지 않고는 살 수 없는 인간의 자아가 억세다는 사실을 말합니다. 중요한 것은 이 사실을 지식으로서가 아니라 가슴속으로부터 아픔으로써 느낄 수 있느냐 아니냐는 점입니다. 그렇다면 "손에 상처가 없으면 독은 침범할 수 없다"라는 말은 "독에 침범당하지 않을 무상(無傷)의 손을 가진 자는 없다"라고 역설적으로 말할 수가 있습니다.

"악을 행하지 않는 자에게 어찌 악이 침범할 수 있으랴"라는 말도 악한 마음이 인간에게 있기 때문에 악한 마음을 불러들인다고 역설적으로 말할 수 있습니다. 인간의 종말이나 파멸은 인간의 '선인의식(善人意識)'이 원인입니다. 선인의식은 자부심이 되고 이기심이 됩니다. 이 이기심은 괴로움을 부른다는 것을 이 법구는 가르치고 있습니다. 더구나 그것은 그 사람 자신도 쉽게 감지하지 못하는 깊은 곳의 괴로움입니다.

웃을 수 없는, 현대인의 '들여우의 어리석음'

옛날 인도의 하라나국 성 밖에 한 늙은 바라문교도(婆羅門教徒)[29]가 황야에 우물을 파고 지나가는 사람들에게 갈증을 풀 수 있도록 하였습니다. 어느 날 들여우 한 떼가 와서 우물

---

29) 인도 고대의 민족종교. 인도 최고의 종교인 베다교에 근원을 두고 베다 경전의 가송(歌頌)과 경문상의 철리(哲理)를 전의(詮議)하며, 범천관지(梵天觀知)의 방법을 말한 이지명상(理智冥想)의 바라문 교의 승려.

주변에 넘쳐흐른 물로 갈증을 풀었습니다. 다만 여우 우두머리만 두레박에 머리를 처박은 채 물을 마시더니 다 마시고 나서는 두레박을 땅 위에 내동댕이쳐서 망가뜨렸습니다. 다른 여우가 우두머리에게 "그런 짓을 하면 길손이 물을 푸지 못할 게 아니에요"하고 충고하니, 우두머리 여우는 비웃듯이 웃으면서 "사람들이 곤란하건 말건 나는 무척 재미있어"하고, 반성은커녕 고쳐 놓을 적마다 두레박을 망가뜨리는 것이었습니다. 이윽고 사정을 알게 된 늙은 바라문은 튼튼하고 한번 머리를 집어넣으면 다시는 빼낼 수 없는 두레박을 만들었습니다.

우두머리 여우는 그런 줄도 모르고 여느 때와 마찬가지로 머리를 처박고 물을 마시고 나서 머리를 박은 채 두레박을 땅 위에 내동댕이쳤습니다. 그런데 두레박은 깨지기는커녕 머리도 빠지지 않는 겁니다. 우두머리 여우는 머리를 빼내려고 기를 쓰면 쓸수록 제 머리만 아파 발버둥만 치는 것입니다……

《마하승기율(摩訶僧祇律)》[30]이라는 수도자를 위한 책에 나오는 이 이야기는 '자기의 쾌락과 흥미를 충족시키기 위해서 남에게 피해가 되는 것을 아랑곳 않고 행동하면 그것은 마침내 자기를 괴롭히는 결과가 된다는 것을 알지 못하는' 어리석음을 지적하고 있습니다. 들여우의 어리석음을 현대인들은 자행하고 있지 않은지 각자 생각해야 할 것입니다.

---

30) 모두 40권으로 된 책. 동진(東晉)의 불타발타라(佛陀跋陀羅)와 법현(法顯)의 공역. 416~418년 양주(揚州)에서 번역됨. 4부율(部律) 중의 하나.

항쇄(項鎖)[31]가 된 두레박은 자기가 지은 죄의 투영(投影)인 것입니다. 지옥에서 죄인을 불태우는 불도 마찬가지로 불이 아니라 악업(惡業)의 반영이므로 겐신은 경전을 인용하여 "불로 태우는 것은 불이 아니다. 악업이 곧 이것을 태우는 것이다"라고 말했습니다. 더구나 이 업화(業火)에 태워지고 있는 줄도 모를 정도로 깊은 곳에 괴로움의 원인이 숨어 있습니다.

젊어서 근신하지 않고
재산을 모아 놓지 않으면
늙어서 백로처럼
물고기 없는 연못만을 지킨다 (155)
不修梵行 又不富財
老如白鷺 守何空池

근신(謹愼)함은 불사(不死)의 길이요
방종함은 죽음의 길이니
탐하지 않으면 죽지 않을 것이요
길을 잃으면 스스로 죽음에 이르나라 (21)
戒爲甘露道 放逸爲死徑
不貪則不死 失道爲自喪

---

31) 목에 씌우는 칼.

방종이란 번뇌가 따르는 죽음에의 길

155번 법구는 젊었을 때 심신의 근행을 쌓지 않으면 나중에 자신을 파멸하게 됨을 지적한 말입니다. 게으름이 괴로움의 원인이라는 말은 옛날부터 자주 일컬어져 왔던 말로《이솝 이야기》의 〈개미와 여치〉도 그 좋은 예입니다.

석존께서도 게으름을 경고하셨습니다. 석존의 인생관은 '정진(精進)'[32]의 두 글자로 압축된다고 할 정도로 부지런을 권고하고 있습니다.

이 법구도 끝에 '물고기 없는 연못만을 지키는 백로처럼' 하고 게으름의 종말을 깨우치고 있습니다. 현대인은 너무나 근시안적인 행위로 재산을 모으는 데만 근면합니다. 그러나 근신하는 덕을 쌓는 데는 매우 인색합니다. 그리하여 '마음의 양식'이 없는, '텅 빈 연못 가에서 늙어빠져 목숨이 다하는 백로'와 다름이 없습니다.

사람이 늙었을 때 생활의 빈곤함을 보호해 주는 사회 복지의 길은 있어도 마음의 빈곤은 구제할 방법이 없습니다. 그래서 석존께서는 '게으름'을 '방종'이라고 말씀하셨던 것입니다. 그 한 예로서 21번의 법구 —— "근신함은 불사의 길이요 방종함은 죽음의 길이다"는 법구로 표현하셨던 것입니다.

방종은 팔리어인 pamādo의 한역으로 원어의 뜻은 '대번

---

32) 성불(成佛)하려고 노력하는 보살이 수행하는 6도(度) 중의 하나. 비리야(毘梨耶)라 음역.

뇌, 번뇌에 따른다'입니다. '번뇌'는 '우리들의 심신을 괴롭히고 산란하게 하는 정신 작용'의 총칭이므로 일반적으로 말하는 게으름과는 크게 다릅니다.

원어인 pamādo의 영역은 heedlessness(부주의)로 되어 있으므로 이쪽이 알기 쉬우리라고 생각됩니다. 그러나 흔히 말하는 부주의를 근거로 하면서도 '두려움을 모르는 거치른 생활 태도'의 어감을 갖습니다. 부주의가 죽음에 이르는 길임은 온갖 위험이 도사리고 있는 오늘날에는 말할 것도 없습니다.

동시에 이러한 위험 이상으로 험난한 인생 행로에서 두려움을 갖지 않는 행동은 죽음보다도 더한 미망(迷妄)이나 괴로움을 더욱 심화시킵니다. 그렇다면 인생은 무의미하니까 '방일은 죽은 거나 마찬가지'라고 읊어지는 겁니다. '죽은 거나 마찬가지'는 앞에서의 법구 155의 '먹이 없는 연못을 지키며 늙어가는 백로처럼'과 대구(對句)로서 통합니다.

pamādo의 한역인 '방종'과 영역인 '부주의'를 아울러 생각하면 특별한 의미를 느낄 수 있습니다. 모두가 '산만(散漫)'을 의미하기 때문입니다.

산만성은 현대인이 가지고 있는 두드러진 특징입니다. 일관된 목표도 없이 직업이나 취미에서도 다만 외부의 자극에 끌려다니며 여기 저기 전전하고, 이것저것 손가락으로 집어먹고 다닙니다. 신기한 것에는 곧 덤벼들지만 쉽게 싫증을 느끼고 휙 던져버리는 산만성이 곧 '방종'이라고 할 수 있습니다. 흔히 '무기력'이니 '근성이 없다'는 말도 방종의 속성일 것이며 이 방종이 현대인을 패배자로, 쓸모없는 인간으로 만드는 것입니다.

불방종이란 눈에 보이지 않는 존재를 경외하는 태도

방종에 대한 '불방종'은 원어로 appamādo로, 영역으로는 heedfulness(조심하다)라고 영역되는데 역시 이쪽이 이해하기 편리합니다. 그러나 상식적인 의미 이외에 '면밀'이라는 어감도 갖습니다. 그것도 단지 '치밀'하다거나 '빈틈이 없다는' 것이 아닙니다. '눈에 보이지 않는 존재를 경외하는 섬세한 생활 태도'를 말합니다. 나도 젊었을 때 선배로부터 "살얼음을 딛는 마음으로 수행하라"는 주의를 자주 들었습니다. 솔직히 말해서 당시에는 그 말에서 '자신이 없는 삶의 방식처럼' 느껴져서 불만이었습니다.

왜냐하면 '살얼음을 밟는 것처럼'이란 대단히 위험한 경우에 임할 때의 비유임으로 아무것도 두려워 말고 당당히 걸어가야 한다고 자부했던 나에게는 불만이 아닐 수 없었습니다. 그래서 선배에게 이 점을 따졌더니 다짜고짜 "살얼음이 불만이면 네가 서 있는 땅이 지금 무너진다고 생각하고 걸어가라!"고 호통을 치고는 사라졌습니다.

나는 내가 서 있는 땅이 무너진다고는 꿈에도 생각할 수 없었기 때문에 깜짝 놀랐습니다. '살얼음을 밟는다'는 것은 '두려워하면서 걸어가는 것'이라고 생각한 것이 잘못이었습니다. 그것은 몸도 입도 생각도 삼가 조심하면서 걸어가라는 뜻이었습니다. 대지도 살얼음과 다름이 없으므로 인생도 살얼음이라는 이름의 대지인 것 같습니다.

그리고 나는 선배로부터 "수행할 때에는 마음을 아기를 안는 것처럼 하라"는 가르침을 받았습니다. "아기를 안을 때의 그 조심스러움과 산만한 자기 마음을 돌보라"는 시사였을 것입니다. '두려워하면서' 걷는 것과 '두려워 조심하면서' 걷는 것과는 큰 차이가 있음을 요즈음에 와서야 겨우 알게 되었습니다.

'살얼음을 밟는' 조심스러운 마음가짐이 없으면 우리는 언제가 되어도 괴로움에 시달려야 합니다. 여기에 인생고(人生苦), 특히 현대인의 고뇌의 원인이 있는 게 아닐까요? 즉 '눈에 보이지 않는 존재를 경외하는 세심한 생활 태도'를 망각하는 데 문제가 있습니다. 두꺼운 얼음 위를 지치는 것은 잘해도, 살얼음을 밟는 방법은 배우려고 하지 않는 교만함이 현대인을 괴롭히고 있습니다.

하쿠인(白隱) 선사[33]가 수행자에게 "지옥의 가마솥 위에 앉아 있다는 것을 잊지 말라 !"고 질타했던 것도 이와 마찬가지입니다. 아무튼 지나치게 안이한 현대인에게는 때로는 이러한 우뢰와 같은 경종이 반드시 중요합니다. 그것도 자기가 자기 자신에게 호소해야 합니다.

마음은 빛살처럼 흔들려 동하고

---

33) 선정(禪定)에 통달한 스님. 3학(學) 중에서 특히 정(定)이 중요하므로 고승을 숭배하여 이렇게 부름. 천자(天子)가 덕이 높은 스님을 포상(褒賞)하여 이 칭호를 주기도 하고 선승(禪僧)이 선대의 조사(祖師)에게 또는 당대의 덕이 높은 스님에게 덕호(德號)로 쓰기도 함.

지탱하기 어렵고 조절하기 어려운데

마치 현명한 자는 스스로를 바르게 하나니

마치 활의 장인이 화살을 곧게 만들듯이 (33)

心多爲輕躁 難持難調護

智者能自正 如匠 撡箭直

아귀상(餓鬼像)은 아욕(我慾)이 표상하는 마음의 영상

"떼굴떼굴 굴러만 가기 때문에 '마음'이라고 하는 거야." 내가 어렸을 때 아버지께서는 이 말을 자주 나에게 들려주셨습니다. 그때는 "과연 그렇구나!"하고 별생각 없이 받아들였지만 성장해서는 '서투른 익살 정도로밖에는 생각하지 않았습니다. 그런데 요즈음은 다시 그 말씀이 옳다고 생각되는 것입니다.

이 법구는 "마음은 빛살이 흔들려 움직이듯 가누기 어렵고 조절하기 어렵다"라고 읊었습니다.

석존의 가르침을 이어받은 마누라 존자(尊者)의 시에 "마음은 온갖 처지에 따라 구른다"라는 구절이 있습니다. 마음은 환경에 따라 마냥 구릅니다. 법구의 아름다운 말과 함께 '마음이란 무엇인가'가 엄밀히 인상지어집니다. 촛불은 문틈의 약한 바람에도 가물거립니다. 그 불꽃을 가누기란 쉬운 일이 아니듯이 '가누기 어렵고 조절하기 어려운 것'은 빛이나 마음이나 마찬가지입니다.

석존의 가르침의 계보(系譜)에 의하면 마음이 변하여 바람직하지 못한 곳에 도달하는 여섯 군데를 '육도(六道)' 또는 '육취(六趣)'라고 말합니다. '도'는 마음이 변하여 가는 길이고, '취'는 '거기 옮겨 가서 사는 곳'이라는 의미로 '세계'와 같은 뜻입니다. 그 육도(취)의 하나가 바로 지옥이며 아귀(餓鬼)·축생(畜生)·수라(修羅)·인간·천상(天上)을 합해서 육도 혹은 육취라고 말합니다.

아귀는 '아욕(我慾)'이 나타내는 마음의 영상입니다. 생각건대 지옥의 증오나 분노는 자아애(自我愛)에서 생기지만 증오와 분노가 강해질수록 아욕도 커집니다. 이처럼 욕심이 많고 물질에 연연하여 투기심으로 치닫는 곳이 '아귀도(餓鬼道)'로서 지옥의 마음이 원인이 되어 생기는 세계입니다.

인간은 욕심이 많아지면 본능을 위시하여 아욕을 채우기 위해 남을 죽이는 것도 대수롭지 않게 생각합니다. 그리하여 약육강식을 상식으로 하는 '축생도'로 마음이 급전(急轉)하게 됩니다. 약육강식을 적자생존(適者生存)으로 바꿔 말해 보아도 그 저변(底邊)을 흐르는 것은 투쟁심입니다. 이러한 다툼을 사고(思考)와 생활의 한 형태로 하는 것이 아수라도(阿修羅道) 혹은 수라(修羅)라고 합니다.

그러나 아수라[34]에 가 있는 마음이라도 끊임없이 미워하고, 분노하고, 탐내고, 다투고, 죽이기만 하는 것은 아닐 테지요. 태풍에 눈이 있듯이 피를 흘리는 투쟁 동안에도 조금이나마 휴지부(休止符)가 있을 것입니다. 마음의 폭주(暴

---

34) 육도의 하나이며 십계(十界)의 하나. 아소라(阿素羅)·아소락(阿素洛)·아수륜(阿須倫)이라고도 함. 인도에서 가장 오랜, 싸우기를 좋아하는 귀신.

走)가 뭔가에 의해 갑자기 멈췄을 때 현장의 참상에 숨을 죽이고, 슬퍼하고, 괴로워하는 순간도 있습니다. 그때가 바로 인간계(人間界)입니다.

천국도 괴로움의 세계, 미망의 육도(六道)의 하나

여기서 마음의 행적을 되돌아봅시다. 아애(我愛)와 에고로 인하여 지옥에서부터 시작되어 아귀 —— 축생 —— 수라 —— 인간으로 돌아오게 되는데 전자를 인(因)으로 한다면 후자는 과(果)가 되며, 이 과는 바로 인으로 전(轉)하여 다음 세계의 과를 낳는 윤회(輪廻)의 과정을 가지게 됩니다. 이것이 마음의 다섯 가지 세계의 편력(遍歷)인 것입니다.

괴로워하는 인간이라는 이름의 마음은 고뇌에도 철저하지 못하고 괴로움에도 자리잡지 못합니다. 남의 고뇌도 이해하지 못하고 이기적인 잠시 동안의 안락을 찾아 마음은 바뀌기 시작합니다. 그리하여 도달하는 곳이 에고 중심의 천계(天界)입니다. 그러나 여기에서도 너무나 이기적인 마음으로 인하여 괴로움은 해결되지 않습니다. 천계에서 보는 여성은 젊고 아름답지만 '천인(天人)의 오쇠(五衰)'[35] 라는 말이 있듯이 무상(無常)의 괴로움은 피할 수 없습니다. 불도(佛圖)

---

35) 천인(天人)의 복락이 다하여 죽으려 할 때에 나타나는 5종의 쇠하는 모양. 이 5종에 대해서는 경(經)·논(論)에 말한 것이 일정하지 않다. 《열반경》19의 예를 보면 "① 옷에 때가 묻고, ② 머리에 꽃이 시들고, ③ 몸에서 나쁜 냄새가 나고, ④ 겨드랑이에 땀이 나고, ⑤ 제자리가 즐겁지 않다"고 되어 있다.

에서 보는 천녀(天女)는 아름답게 그려져 있지만 조각의 깊이나 음영의 아름다움은 나타나 있지 않습니다.

나는 천녀의 무표정하고 평면적인 미모는 인생의 실체인 괴로움의 의미를 알지 못하는 '백치미(白痴美)의 표현'이라고 생각합니다. 괴로움을 괴로움으로 자각하지 못하는 것도 아집에서 오는 업입니다. 천국도 괴로움의 세계, 혼미의 6도의 하나로 보는 것에 불교사상의 깊이를 느낍니다.

이리하여 천계에 도달한 마음은 아애(我愛)로 찬 행동을 합니다. 때문에 남과 서로 싸우고, 미워하며 그로 인해 지옥으로 되돌아오게 됩니다. 그리하여 마음은 육도의 순환선(循環線)을 끝없이 달립니다. 즉 잠시도 정지하지 않고 조절할 수 없는 마음의 폭주는 '육도 윤회(六道輪廻)' 속을 방황하게 됩니다. 법구에 "지탱하기 어렵고 조절하기 어렵다"라고 한탄한 것은 바로 이 때문입니다.

그러나 이기적인 마음으로 인하여 이와 같이 육도의 순환선을 폭주하면서 인간을 괴롭히는 현상은 결코 인간 이상의 어떤 권위, 가령 신이나 악마가 시켜서 하는 것은 아닙니다. 또한 운명에 의한 것도 아닙니다. 인간이 자주적으로 영위하는 업(業)이 그렇게 하게 하는 것입니다. '운명'과 '천명'과 '업'은 비슷한 듯하지만 전혀 다릅니다.

'운명'은 인간의 의지와는 관계없이 초인간적인 위력으로 인간을 지배하는 작용입니다. '천명'은 하늘에서 주어진 인간의 운명을 말하며 하늘이 정한 수명이나 길흉화복을 가리킵니다. 천명으로 인간의 일생이 정해진다는 생각입니다. '업'은 우리들의 신체와 입과 마음이 행하는 선악의 행위입니다. 이 업이 괴로움의 원인이며 집제(集諦)의 결론임을 알 수 있습니다.

 그러나 이와 같이 괴로움이나 불행 그리고 혼미의 원인이 되는 업은 어두운 작용만을 하는 것은 아닙니다. 업은 즐거움이나 행복 그리고 깨달음의 원인이 되기도 합니다. 이것을 33번의 법구가 시사해주고 있습니다. "현명한 자는 스스로를 바르게 하나니, 마치 활을 만드는 이가 화살을 곧게 만들 듯이"라고. 화살은 하늘에서 주어지는 것이 아니라 사람의 손으로 만드는 것이므로 자기 손으로 수리할 수 있듯이 마음도 이와 마찬가지임을 암시하는 것입니다.

제3장 멸제(滅諦)
— 어떻게 하면 마음을 평안히 할 수 있는가 —

내 몸을 물 위의 물거품처럼 아지랭이 같은

것이라고 수긍하는 자는

애욕의 악마가 쏘는 꽃화살을 막아 떨어뜨려

죽음이 미치지 못하는 곳에 이르게 되리라 (170)

當觀水上泡 亦觀幻野馬

如是不觀世 亦不見死王

생멸(生滅)이 다하여 고요를 즐거움으로 삼는다

우리는 '인생은 괴로움이다' 라는 진리인 '고제(苦諦)' 와 그 괴로움의 원인은 '무상과 집착에 있다' 라는 진리인 '집제(集諦)' 를 배웠습니다. 그것은 병에다 비유하면 증상과 병원(病原)을 아는 것입니다. 증상과 원인이 정확하게 파악되면 필요한 대응 조치를 취할 수 있습니다. 그러나 증상의 고통이 심할 때에는 진통의 처치가 필요하게 됩니다. 그것이 이제부터 배우는 '멸제(滅諦)' 의 장입니다.

멸제는 '무상감(無常感)의 불길을 진정시키고 집착을 억제하는 것이 마음의 안정' 이라는 침정(沈靜)의 진리입니다. 170번의 법구는 '자기 몸을 물 위에 뜬 물거품이며 아지랑이라고 보는 자' 라고 하였습니다. 이 사상은 석존의 일관된 세계관인 동시에 인생관이기도 합니다. 〈전생담(前生譚)〉에 석존께서 설산 동자(雪山童子)로서 설산(히말라야)에서 수행하고 계실 때 나찰(羅刹)[36]이 나타나서 동자의 육체를 자기의 먹이로 줄 것을 조건으로 다음과 같은 게(偈)[37]를 주었다는 얘기가 있습니다.

　만물은 한 곳에 머무르지 않으니
　이 삶은 멸망에 이르리로다
　생멸이 이미 다했으니
　고요를 즐거움으로 하도다(《열반경》의 〈성행품[聖行品]〉19)
　諸行無常 是生滅法
　生滅滅已 寂滅爲樂

　이 설산게(雪山偈)의 의미는 "세상의 무상, 무아, 괴로움, 부정(不淨)을 확인해야 비로소 집착에서 벗어나 마음이 평안을 누릴 수 있다"는 것입니다. 그리고 삶과 죽음의 이원적(二元的), 상대적(相對的)인 생각을 초월한 곳에 즐거움의 세계를 얻을 수 있음을 가르치고 있습니다.

　이 설산게는 후에 고보(弘法) 대사 구카이(空海:835년 사망)가 "꽃은 향기로워도 지고 마는 것을, 이 세상을 누가 한결같다고 하느뇨. 무상한 이 세상 오늘 넘어서 얕은 꿈에 취하지 않고"라고 〈이로하가(伊呂波歌)〉에서 노래했습니다.

---

36) 범어로 나찰사(羅刹娑·羅察娑) 혹은 나차사(口羅叉娑)라고 함. 이를 번역하여 가외(可畏)·호자(護者)·속질귀(速疾鬼)·식인귀(食人鬼)라고 함. 야차(夜叉)와 함께 비사문천(毘沙門天)의 권속이라 하며, 지옥의 귀신이라고도 함.

37) 12부경(部經)의 하나. 가타(伽他)·게타(偈陀) 혹은 게(偈)라고만 쓰기도 함. 풍송(諷頌)·게송(偈頌)·조송(造頌)·고기송(孤起頌)·송(頌)이라고도 함. 노래라는 뜻을 가진 어근 gai에서 생긴 명사로 가요, 성가(聖歌) 등의 뜻으로 쓰임.

이 노래는 일본어의 알파벳이라고 할 수 있는 '이로하 47자'
로 비유되고 있으며 설사 구카이의 작품이 아니더라도 석존
의 근본 사상을 노래하고 있다는 데 실로 놀라움을 느끼게
됩니다.

또한 설산게의 양식은 《열반경》 이외의 경전에서도 볼 수
있습니다. 예컨대 《금강 반야경》[38]에는,

　　모든 현상의 법은
　　꿈, 환상, 물거품, 그림자와 같고
　　이슬과 같고 번개와 같으니
　　바로 이것이 사실이니라
　　一切有爲法 如夢幻泡影
　　如露亦如電 應作如是觀

라고 되어 있습니다. '유위법(有爲法)' 도, 이로하 노래의
'무상한 이 세상' 도 다같이 '인연에 의해 생긴 여러 현상' 을
말하고 있습니다. 즉 《반야심경》에서 배운 '색(色)' 과 같은
의미의 말이며 '꿈, 환상, 물거품, 그림자, 이슬, 번개' 의 여
섯 가지에 비유하고 있습니다. 구마라습(鳩摩羅什:409년 사

---

38) 《금강 반야 바라밀경(金剛般若波羅蜜經)》의 약칭. 모두 한 권. 요진
　　(姚秦)의 구마라습이 한문으로 번역한 경전. 반야, 곧 지혜의 본체는
　　진상청정(眞常淸淨)하며 불변불이(不變不移)하여 번뇌나 악마도 이
　　것을 어지럽게 할 수 없음을 금강의 견실함에 비유한 경문.

39) 구마라시바(鳩摩羅時婆) · 구마라기바(拘摩羅耆婆)라고도 함. 인도
　　스님. 아버지는 구마라염(鳩摩羅炎), 어머니는 기바(耆婆)임. 삼론종
　　(三論宗)의 조사(祖師).

망)³⁹⁾의 번역에서는 위에서 말한 것과 같은 여섯 가지지만 최근에 범어(梵語)를 현대어로 번역한 것에는 "현상계란 별, 눈의 그늘, 등불, 환상, 이슬, 물거품, 꿈, 번개나 구름과 같은 것으로 보는 것이 좋다"고 아홉 가지로 비유하고 있습니다. 모두가 무상관(無常觀)을 비유하여 이해시키기 위해서 입니다.

때리는 그와 얻어맞는 나도 물거품이요 아지랑이다

무소(夢窓) 국사(國師 : 1351년 사망)는 아시카가 다카우지 (足利尊氏)에게 권하여 중국 원(元) 나라에 무역선 천룡사선 (天龍寺船)을 보내어 무역을 권하고 천룡사(天龍寺)를 창건하여 오산 문학(五山文學)의 전성기를 일으킨 고승입니다. 어느 날 배 안에서 무소는 배에 함께 탄 취한(醉漢)에게 이마를 얻어맞아 선혈이 낭자했습니다. 동행한 제자는 무사(武士) 출신이었으므로 화가 나서 취한을 때려 눕히려 했으나 무소는 이를 제지하며 "때리는 자도 얻어맞는 자도 다 함께 꿈과 같고 환상과 같으며, 물거품과 같고 그림자와 같으며, 이슬과 같고 번개와도 같다"라고 《금강경》의 게(偈)를 인용하여 노래했다고 합니다. 얻어맞는 나뿐만이 아니라 때리는 그도 '물거품과 아지랑이' 같은 존재이며, 증오와 원망도 '꿈이요 환상'의 현상에 불과하지 않을까요?

무상관(無常觀)의 세계에서는 원수도 적도 승화되므로 취한이 무소가 인용한 노래의 마음을 깊이 수긍하였을 것입니다. 170번의 법구인 '애욕의 악마가 쏘는 꽃화살을 막아 떨어뜨리는' 자는 깊은 무상관에서이며 "죽음이 미치지 못하는 곳에 이르게 되리라"는 말은 영원한 안식의 장소를 마음속에 얻게 됨을 이르는 말입니다.

무상감(感)과 무상관(觀)은 그 의미가 같지 않습니다. 우리는 어떤 일에 문득 감각적인 무상을 느끼게 되는데 이것을 '무상감'이라고 말합니다. 감각이므로 '목구멍을 넘어가면 뜨거움을 모르듯이 이윽고 감각을 잊어버리지만 이 무상감을 인생관이나 세계관으로까지 심화시켜 올바른 마음의 눈으로 보는 것을 '무상관'이라고 말합니다. 일시적인 감상적 무상감을 진정시키는 것이 무상관이라고 새겨 두어야 할 것입니다.

〈신·헤이케 모노가타리(新·平家物語)〉를 쓴 요시카와 에이지(吉川英治) 씨가 독자로부터 "당신이 쓴 글에는 악인이 등장하지 않는다. (중략) 현실의 우리 사회는 악으로 가득 차 있는데 이것은 무엇 때문인가. 상상화(想像畵) 같은 것이 당신의 소설이라고 생각하면 되는가?"라는 통렬한 비난의 편지를 받았습니다. 이에 대하여 요시카와 씨는 다음과 같이 대답합니다.

"사실 나는 현실 속에서 어떤 인간도 미워할 수 없습니다. 고약한 놈이라고는 생각해도 죽었으면 좋겠다고는 생각하지 않습니다. 더구나 역사는 백골의 누적(累積)입니다. (중략) 숙업(宿業)[40] 유전(流轉)을 돌아볼 때 그 중의 어느 백골에

---

40) 전생의 선악의 행업.

게 '나쁜 놈'이라는 낙인을 찍을 수 있겠습니까? (중략) 그러나 맨 마지막에는 오직 하나의 '악'은 지적할 수 있습니다. 그것을 글로 써야 하지만 어느 누구일 것이라고 짐작하게 해서는 곤란합니다. 그런 작은 인간의 적은 아니기 때문입니다"라고.

이 글에서 우리는 인간에 대한 요시카와 에이지 씨의 따뜻한 입김을 느낄 수 있습니다. 역사는 '물거품이나 아지랑이 같은' 허망한 존재인 인간이 자기의 업(業)대로 움직여서 만듭니다. 이 말은 앞에서 인용한 소세키(漱石)의 "평소에는 모두 착한 사람입니다. 적어도 보통 사람입니다"라는 발언과도 통하는 면이 있습니다.

다만 석존께서는 인간의 본성은 선도 아니고 악도 아닌 '무기(無記)'[41] 라고 말씀하셨습니다. 성선설(性善說), 성악설(性惡說)의 어느 것도 취하지 않는 '무기설'입니다. 석존께서 말씀하신 무기란, "모든 사물의 특성은 중용(中庸)이므로 선과 악 어느 쪽이라고 말할 수는 없다"는 것입니다. 인간의 본성은 무색(無色)이 본질입니다. 그것이 환경이나 교육의 연(緣)에 의해 선과 악으로 물들어 버립니다. 만일 '선인(善人)'이 있다면 천성이 아니라 연에 의해 선업(善業)이 키워진 것입니다. 악인의 경우도 반대의 의미에서 마찬가지입니다. 그러므로 나면서부터의 선인도 없고 악인도 없으며 그것은 고유 명사일 수도 없습니다.

---

41) 3성(性)의 하나. 온갖 법의 도덕적 성질을 3종으로 나눈 가운데서 선도 악도 아닌 성질로서, 선악 중의 어떤 결과도 끌어 오지 않는 중간성(中間性)을 말한다.

누구나 선과 악 어느 쪽도 될 수 있는 무기(無記)의 인소(因素)를 갖고 있으므로 그 분기점이 되는 환경, 교육, 노력의 연(緣)이 중요해집니다. 또한 우리에게는 선과 악의 어느 쪽에도 기울어질 인(因)이 있기 때문에 타인의 선(善)을 진심으로 축복해 줄 수 있고, 악에 대해서도 진심으로 아픔을 느끼게 됩니다.

요시카와 에이지 씨가 말하듯이 고유명사로서의 악인은 없고 단지 선악 무기(善惡無記)의 '인'을 악과(惡果)로 인도하는 악연(惡緣)에 의한 악업(惡業)이 누적되었을 때 비로소 '악인'이 되는 것입니다. 그렇다고 해서 현대인처럼 직설적으로 모든 악의 근원을 '타인이나 사회, 정치'의 책임으로 돌리고 자기를 선인으로 정해버리는 것과는 근본적으로 다릅니다. 자기를 선인으로 간주하는 것도 악연(惡緣)의 탓이므로 진정제를 필요로 하는 까닭입니다.

누구나 원하지만 맺기 어려운 것이 선연(善緣)이며 좋아하지 않는데도 끌리기 쉬운 것이 악연(惡緣)입니다. 그 고통과 슬픔 속에 일단 자기 자신을 담궈봐야 합니다. 침정(沈靜)이란, '몸을 물 속에 가라앉혀서 알게 되는 고요함'이 아니면 안 됩니다. 주사에 의한 진정제처럼 일시적인 현상은 인생에 아무런 도움이 될 수 없습니다.

어리석은 자가 스스로 어리석다고 칭하는 건
그는 이미 어리석지가 않으며
어리석은 자가 스스로 지혜롭다고 칭하는 건
그는 이미 어리석음이 극에 달했도다 (63)

愚者自稱愚　常知善點慧
愚人自稱智　是謂愚中甚

어리석음으로 해서 알게 된 무상(無常)의 진리

석존의 제자라고 하면 유식한 수재들뿐인 것으로 생각되지만 사실 반드시 그렇지도 않습니다. 석존의 교단에 속하는 사람이라고는 상상도 못할 만큼 어리석은 사람도 있었기 때문입니다. 석존께서는 현명하거나 어리석거나 지위와 신분에 관계없이 공평하게 대하고 그 능력에 따라 가르치셨습니다.

마하 판타가와 추라 판타가는 육친의 형제입니다. 그들의 어머니는 중부 인도에 있는 어느 부호의 딸이었으며, 아버지는 그 집의 고용인이었습니다. 카스트제도가 있었던 고대 인도였으므로 그들의 정식 결혼은 인정받지 못했습니다. 마침내 두 사람은 도망을 치는 도중에 장남 마하 판타가를 낳았습니다. 마하는 '큰[大]', 판타가는 '도로'라는 뜻입니다. 몇 해 후에 그들 부부는 고향으로 돌아가다가 마찬가지로 차남을 노상에서 낳았습니다. 그 아이가 추라 판타가로서 추라는 '작은[小]'이라는 뜻입니다. 그는 주리반특(周利槃特)이라고 한문으로 번역되며 총명한 형에 반하여 석존의 대표적인 '어리석은 제자'로 알려져 있습니다.

그리하여 추라 판타가는 자기의 어리석음을 늘 슬퍼하였습니다. 석존께서는 그를 가엾게 여겨 한 장의 새로운 흰 천을 그에게 주어 그 위에 앉히고 "'먼지야, 없어져라. 때야, 없어져라' 하고 외치면서 이 흰 천을 네 손으로 계속해서 쓰다듬거라. 어리석음을 슬퍼할 것 없다"라고 가르치셨습니다.

그는 먼저 손을 깨끗이 씻고 가르침을 받은 대로 "먼지야, 없어져라. 때야, 없어져라" 하고 외치면서 그 흰 천을 계속해서 쓰다듬었습니다. 사실은 이 짧은 구절도 쉽사리 외지 못할 만큼 그는 둔했습니다.

그가 이 수행을 시작한 지 얼마나 지났는지 알 수 없었지만 문득 흰 천을 보니 그의 손때로 검게 변해 버렸습니다. 추라 판타가는 가슴이 철렁 내려앉았습니다. '깨끗한 손으로 천을 만졌는데 이처럼 검게 때가 묻다니' 하는 생각과 함께 그의 몸은 부르르 떨렸습니다. 흰 천도 깨끗이 씻은 손도 언제까지나 희고 깨끗할 수 없다는 무상의 도리를 어리석기는 하지만, 아니 어리석음으로 해서 순순히 할 수 있었습니다. 그는 우직스러운 대로 자기 손과 천을 번갈아 비교해 보며 탄식을 했습니다. 그 모습을 보고 계시던 석존께서는 애처로운 듯 미소를 띠우며,

"추라 판타가야, 흰 천이 더러워진 것은 너의 손 때문만은 아니다. 너의 마음에 낀 먼지나 때의 탓이다. 마음은 꺼내어 씻을 수 없기 때문에 마음속에 낀 먼지와 때가 너의 마음이 변하는 대로 손을 통하여 밖으로 나왔기 때문이다. 그리고 마음속에 낀 때는 자기만이 아니라 주위에 있는 것도 더럽히고 상하게 하기 때문에 무서운 것이다" 하고 가르치셨습니다.

남보다 몇 배나 어리석었던 추라 판타가였지만 마음속에서 무어라 말할 수 없는 해답을 얻을 수 있었습니다. 그는 그

기쁨으로 지긋이 몇 번이나 고개를 끄덕였습니다.

"추라 판타가야, 알았으면 그 보답으로 남의 신발을 잘 닦아 주어라"하시고 석존께서는 다른 천을 그에게 주었습니다.

추라 판타가는 그 천을 받아 들고 곧 많은 사람들의 신발을 열심히 닦았습니다. 발에 신는 신발은 더러워지기 쉽습니다. 우리는 자기 신발을 닦는 것도 귀찮은데다 곧 더러워지니까 싫증을 느끼게 됩니다. 그것을 그는 남의 신발까지도 한 번도 싫어하는 기색없이 정성껏 깨끗이 닦았습니다.

추라 판타가가 깨끗이 닦아 놓은 신발을 신는 사람들은 매우 기뻐하였고 그것을 보는 그도 마음이 즐거웠습니다. 이런 일을 여러 해 계속하는 동안에 그는 또 다른 깨달음을 마음속에 느끼게 되었습니다. "더러워진 남의 신발을 깨끗이 하는 것이 그 사람의 때를 닦아내는 것이 된다. 그리고 그것은 다시 자기 마음의 때를 씻는 것과 관련된다 ——"하고.

추라 판타가는 몇 해 전에 석존께서 흰 천과 함께 "먼지야, 없어져라. 때야, 없어져라"고 하신 말의 진정한 의미를 비로소 전신으로 터득할 수 있었습니다.

"어리석은 자가 스스로 어리석다고 칭하나니 그는 이미 어리석지가 않으며, 어리석은 자가 스스로 지혜롭다고 칭하나니 그는 이미 어리석음 중의 어리석음이로다"라는 법구를 접하여 제일 먼저 생각 난 사람이 이 추라 판타가입니다.

어리석음을 비하하기보다 무기력을 부끄러워해야

도겐(道元) 선사(1253년 사망)는 "추라 판타가는 법구 한 구절을 독송하는 것도 힘들었지만 끈질긴 노력으로 일하(一夏)에 도를 깨쳤다"라고 했습니다. 여기서 일하란 우기(雨期) 90일 동안, 밖에 나가 수행하지 않고 한 곳에 머물러 수행하는 것을 말합니다.

도겐은 또한 석존의 생존시를 돌이켜 보며 "사람이라고 모두 뛰어났던 것만은 아니다. 그 중에는 선한 사람도 악한 사람도 있다. 수행자 중에는 나쁜 짓을 하는 사람도 있었고, 불도(佛道)를 수행하기엔 질이 나쁜 자도 섞여 있었다"라고 말하고, 그러나 "스스로 비하(卑下)하여 구도심(求道心)을 일으키지 않는 자는 없었고, 스스로 소질이 없다고 해서 배우지 않는 자도 없었다. 지금 이 도를 배우고 수행하지 않으면 아무리 다시 태어난다 해도 소질이 뛰어난 사람이 될 것이며 건강한 사람이 될 것인가 ? 병이나 수명 같은 것은 생각지 않고 도를 깨치기 위해 발심하여 수행하는 것이 '득도(得道)의 지름길'이다"라고 말했습니다.

그러고 보면 인간이 인간으로 성장하고 완성하는 것은 머리의 좋고 나쁨이나 지식의 유무와는 관계가 없습니다. 오히려 재능을 자랑하고 두뇌적인 지식을 내세우는 사람은 올바른 가르침을 순순한 자세로 따르지 못하는 것 같습니다.

우리는 "나는 천성적으로 어리석다"라고 비하하기보다는 오히려 '성취' 의욕이 없는 것을 부끄러워해야 하고 슬퍼해야 한다고 생각합니다. 추라 판타가는 과거의 사람이지만 현재의 우리가 잊어서는 안 될 '위대한 바보'가 아니었을까요?
그리고 도겐이 지적했듯이 끈질긴 악착스러움이 없는 것도
현대인의 약점이 아닐까요?

> 애욕에 빠지지 않고
> 남을 미워하기를 좋아하지 않으며
> 선과 악에 사로잡히지 않는
> 마음 넉넉한 사람에겐 고뇌는 없다 (39)
> 無念適正 不絕無邊
> 福能遏惡 覺者爲賢

중도(中道)란 영원한 부정(否定)·현재 진행형을 말함

'애욕에 빠지지 않고, 남을 미워하기를 좋아하지 않는다'
라고 말하지만 우리는 애욕이나 미움 중에 어느 한쪽에 치우
치기 쉽습니다. 사람은 누구나 좋아하고 싫어하는 음식물이
있어서 자기가 좋아하는 쪽으로 기울어지게 됩니다. 악을 싫
어하고 선을 좋아하는 것은 바람직한 일입니다. 그러나 '좋
다'와 '나쁘다'의 양자택일의 태도만으로는 인생은 풍부해
질 수 없을 것입니다. 바로 그것을 39번의 법구에서 노래하
고 있습니다.

한문 번역에 '무념적정(無念適正)'이라고 되어 있는데 적
정은 우리도 자주 쓰는 말이지만 그 진정한 의미를 체험한다
는 것은 쉬운 일이 아닙니다. 이에 대하여 석존께서는 흔히

'중도'라고 말씀하셨습니다.

중도는 앞에서 언급한 무기(無記)와 맥락을 같이하고 있습니다. 나는 무기를 "모든 사물의 특성은 중용(中庸)이므로 선악 어느 쪽이라고 정하기는 어렵다"고 소개했습니다. 중용도 적정도 모두 '더하여 둘로 나누는' 식의 평균치를 의미하는 것은 아닙니다. 그리고 중도(中道)는 세상에서 흔히 말하는 양극단의 중간이라거나 적당한 '중용설'도 아닙니다.

'무기'를 가리켜 "선악 어느 쪽으로도 정하기 어렵다"고 말하면 맺고 끊는 데가 없어 어느 쪽도 무방하다는 듯이 들리겠지만 사실은 그렇지 않습니다. 현실의 현상을 관찰하면서 선악으로 나누어지기 이전의 본체로서의 중용을 지향하고 있습니다. 헤겔의 변증법(辨證法:유한한 것은 자기 자신 속에서 자기와 모순되며, 그에 의해 자기를 지양하여 더욱 높은 단계로 감)과는 반대로 석존이 말씀하신 '무기'는 정(正)·반(反)으로 분리되기 이전의 본체를 덮고 현실의 선악을 보는 것입니다. 수행자의 "부모조차 태어나기 이전의 진면목(眞面目)"이라고 말한 것도 그것을 의미합니다. 여기서 말하는 부모는 자기의 양친이 아니라 정반(正反)·선악·미추(美醜) 등의 상대적인 관념입니다. 이와 같이 둘을 분별하기 이전의 본체야말로 진면목의 실체라는 것이 '무기'의 근본적인 의미이며 중도의 계보(系譜)가 되는 것입니다. 나카가와 소엔(中川宋淵) 선사(1907~)의 단시(短詩)인 〈부모가 태어나기 전의 달빛〉에서 '부모가 태어나기 전의 진면목'을 느끼게 됩니다.

유교의 "희로애락이 아직 발동하기 전을 중(中)이라고 한다"나 "중도란 길(道)에 해당한다"는 석존의 사상과 비슷한 것처럼 보이지만 석존께서 말씀하신 근본의 도는 '인과의 법'입니다. 인과의 법에 마땅하냐 아니냐에 따라 가치 판단을 하는 점에서 유교와의 차이점을 찾아 볼 수 있으며 동시에 도덕보다도 깊은 가치가 설정되어 있음을 알게 됩니다.

석존께서는 "중도란 사구백비(四句百非)를 절(絶)한다"라고 말씀하셨습니다. '사구'란 유(有) · 무(無) · 유무(有無의 절충)와 비유 비무(非有 非無)의 넷을 말하며 이 네 개의 분별을 모두 부정하고 그것을 초월하는 것을 "사구를 절(絶)한다"라고 말합니다. 다음에 "백비를 절한다"고 한 말의 뜻은 '비(부정)를 백 번이나 되풀이하고 다시 그것을 초월하는 것'입니다. 부정(否定)을 고수하는 것만으로는 부정에 사로잡혀 있는 것입니다. 고정화와 형식화를 초월하려면 영원의 부정인 '사구백비'를 필요로 합니다. 이와 같이 엄격한 것이 중도입니다. 영원의 부정은 영원의 현재진행형이며 무상관(無常觀)과 공관(空觀)과 중도(中道)는 동일한 계보임을 알 수 있습니다.

석존께서는 중도를 설법하셨지만 중도주의(中道主義)는 아닙니다. 다시 말해서 그의 가르침에는 '무슨 무슨 주의'라는 것이 없습니다. 이데올로기도 세우지 않습니다. 왜냐하면 일정한 주의(主義)나 이데올로기를 신봉하는 것은 그 발상법(發想法)에 사로잡혀 다른 사상적인 입장을 폄(貶)하는 편견에 빠지게 되기 때문입니다. 다른 무엇에도 사로잡히지 않는, 사로잡히지 않는 것에도 사로잡히지 않는 공(空)의 사상을 견지하지 않는 한 중도를 갈 수는 없을 것입니다. 중도를 체험하는 데 수행이 필요한 것은 이 때문입니다.

흔히 공관(空觀)이나 중도관(中道觀)은 허무나 무사태평 주의로 오해하기 쉬우나 그런 무내용(無內容)이 아니라 인과율을 기본으로 하고 있습니다. 특히 현대인처럼 자기의 주의나 이데올로기에 자승자박의 굴레에 매여 있을 때 자기를 자기에게서 해방하는 것이 급선무라고 생각합니다. "중도란 사구백비이다"라는 말을 재인식할 필요가 있습니다.

욕망을 충족시키기 위한 난행고행(難行苦行)은 헛일

소나코티비사는 어마어마한 부잣집 아들이었습니다. 그는 석존의 제자가 되려고 했으나 평소에 너무나도 안락한 생활을 했기 때문에 발바닥이 소나(황금)처럼 부드러워 어느새 그는 '소나'라 불렸습니다. 그러나 수행에 열심인 그는 친구와 함께 온갖 노고를 거듭했습니다. 부드러운 발바닥은 상처를 입어 여러 번 피를 흘리기도 했으나 좀처럼 도를 깨치지 못했습니다. 소나는 절망한 나머지 수행을 단념하고 환속(還俗)하여 부유한 자기 집으로 되돌아가려고 했습니다.

석존께서는 소나에게 설법하시기를 "제금(諸琴)을 뜯을 때 좋은 소리는 완급(緩急)이 모두 극단이어서는 안 된다. 수행도 마찬가지다"라고 하셨는데 이 말을 생각해 보면 '적당히'를 강조한 데에 지나지 않는 것 같지만 소나처럼 정진(精進)을 실제로 수행하여 뼈를 깎고 살을 찢는 체험을 해야 비로소 평범한 가르침에도 그 의미가 깊어지는 것입니다. 약간의 노력도 아까워하면서 최대의 효과만을 올리기를 바라는 게으른 태도로는, 평범한 가르침인 만큼 자기 마음대로 해석하여 오해를 낳게 됩니다. 요컨대 자기 자신의 노력에거는 열의에 따라 가르침의 생명이 좌우됩니다.

석존께서는 소나에게 가르치실 때 아마도 자기 자신의 혹심했던 고행의 추억을 말씀하셨을 것입니다.

"나는 29세에 출가하여 6년 동안 산 속에서 심한 고행을 했다(이런 심한 고행을 한 사람은 전에도 없었고 앞으로도 없을 것이다)고 남들도 나도 그렇게 생각했다. 그러나 자기의 욕망을 채우기 위한 고행은 아무리 쌓아도 헛일이라는 것을 깨닫고 산에서 내려왔다. 그때 만난 농부들에게서,

> 줄[絃]이 강하면 팽팽해서 끊어지고
> 줄이 느슨하면 소리가 잘 나지 않는다
> 강약을 잘 조절하여
> 맑은 소리를 들려다오

라는 노래를 듣고서야 깨닫게 되었다. 내가 말하는 조화·중도·순종의 사상은 이때부터 싹트게 되었다. 나는 그것을 생각하고 너에게 말하는 것이다."

노력하여 '연'이 무르익으면 평범한 말이나 아무렇지 않은 듯한 자연의 모습에서 마음속 깊은 데서 자각이 조용히 일어납니다. 다만 거기까지 노력하지 않는 자에게는, 자아(自我)의 얕은 지식으로 이해하기 때문에 오해를 불러일으킬 수도 있으므로 주의해야 합니다.

진리를 가까이 하는 사람은 평안히 잠들고
마음은 즐겁고 맑으나니
부처님의 가르침 속에서
지혜의 눈이 저절로 뜨인다 (79)
喜法臥安 心悅意淸
聖人演法 慧常樂行

변화하는 파도가 마음, 흔들리지 않는 물이 마음

'안심'이라고 쓰면 누구나 걱정이나 불안이 없이 마음이 안정된 것을 말하는 것입니다. "집도 있고 생활도 거의 안정되고 가족도 건강하다" 하고 한시름 놓는 것이 안심의 상태일 것입니다. 내 집의 편안함으로 '평안히 잠들' 수 있습니다.

그것은 그것대로 좋은 일이지만 잘 생각해 보면 그것은 평안한 생활을 위한 '하나의 조건'에 지나지 않는 것 같습니다. 그것은 조건이지 안심 자체는 아니라고 생각합니다. 예컨대 천재(天災)를 당하거나 병에 걸리면 평안을 위한 조건은 모두 파괴되고 맙니다. 조건이 갖춰지면 갖춰질수록 피해는 큽니다.

우리는 지금 공해에 시달리고 있습니다. 그것도 우리가 고도로 안정된 생활 조건을 완비하려다가 뜻하지 않게 만나게된 하나의 현상입니다. 우리의 몸과 마음도 오염되어 이 79번의 법구 '즐겁고 맑은 마음'은 빈말과도 다름없는 상태입니다. 결국 이것은 조건의 구비를 첫째로 생각하는 인간의 사고 방식에 잘못이 있는 것 같습니다.

안심이 안심이 안 되었을 때, 같은 안심이란 말도 불교에서의 '안심'은 마음을 한 곳에 모아 동요하지 않는 일, 극락왕생을 기원하여 부처님의 구원을 믿는 일이라고 되어 있습니다.

마음은 앞에서 배운 것처럼 자꾸만 변하고 유전(流轉)을 계속하는 무상의 존재이기 때문에 그것을 안정시키는 조치를 강구해야 합니다. 그 점을 소홀히 했기 때문에 오늘의 불안을 가져오게 되었다고 생각합니다.

사전에는 안심을 "신앙에 의해 마음의 귀추(歸趨)를 정하고 마음이 움직이지 않는 것"이라고 씌어 있습니다. '마음을 동요시키지 않는 것'이 중심입니다. 사전에는 '신앙'이라고 나와 있는데 석존의 가르침에서는 '신심(信心)'이라고 부르는 것이 옳습니다. 왜냐하면 '신앙'에는 신이나 절대의 세계를 신봉하여 의지하는 것을 의미하는 어감이 강하기 때문입니다.

그러나 석존의 가르침의 경우에는 외계의 절대 존재에 대한 신앙보다도 안에 숨어 있는 '생명·마음'을 믿으므로 '신심'이라고 부르는 것입니다. 그런 의미에서 '믿는 마음'보다는 '마음을 믿는다'는 어감을 갖게 됩니다. 앞에서도 말했듯이 나는 언제나 '심(心)'과 '마음'을 구별합니다. 상식적인 마음의 감정 상태를 한자인 '心'으로, 감정의 저변(底邊)에 묻혀 있는 진실한 것을 마음이라고 표시합니다.

그렇다고 '심(心)'과 '마음'이 다르다는 것은 아닙니다. 그것은 파도와 물 같은 관계입니다. 변화하는 파도[心] 밑바닥에 질이 같은 동요하지 않는 물[마음]이 존재하는 것을 믿기에 내가 '마음을 믿는다' 는 까닭입니다. 믿는다고 해도 자기 독단에서가 아니라 석존의 가르침에 따르면 자연히 그렇게 됩니다. 이때 앞에서 말한 '안심' 을 위한 조건 정비에 열중하는 어리석음이 잘못되었음을 알게 됩니다. 그 알게 되는 방법에 대하여는 "진리를 가까이 하는 사람은 평안히 잠든다"라는 말을 우선 마음속에 새겨 두어야 합니다.

멸망 속에 멸망하지 않는 것을 느낄 것

평안한 생활을 하기 위한 조건으로 물적(物的)인 존재는 중요하기는 하지만 불안정합니다. 그것은 소유하는 것에서 오히려 불안을 가중시키기 때문입니다. 그러나 집과 재산 그리고 가족이 없이는 생활을 해 나갈 수 없습니다. 그렇다면 안심이 안심이기 위해서는 안심을 뒷받침해 주는 것이 필요하게 됩니다.

가토 기요마사(加藤淸正)는 16세기의 명장(名將)으로 알려져 있지만 그는 성을 쌓을 때 반드시 돌담을 이중으로 쌓았다고 합니다. 노출되어 있는 돌담의 배후에 또 한 겹의 돌담을 땅 밑에 쌓았던 것입니다. 그러므로 표면의 돌담이 파괴 되어도 성이 무너지지 않았습니다. 안심에 다시 안심의 조건을 쌓는 용의주도(用意周到)함에 우리는 탄복을 금할 수가 없습니다.

물적인 안심을 뒷받침하기 위해서는 배후에 넉넉한 마음,

즉 '안심'이 뒷받침을 해주어야 합니다. '족한 줄'을 알고 기계 문명의 폭주에 제동을 거는 인간의 예지도 '안심의 작용' 가운데 하나입니다. 아무튼 이기심 때문에 교란되기 쉬운 우리들의 마음이 동요되지 않도록 가라앉혀야 비로소 안심할 수 있습니다.

바르게 안심할 수 있으면 생활이 넉넉할 때에는 넉넉한 대로, 생활이 가난할 때에는 가난한 대로 평안하게 잠들 수 있습니다. 가령 집과 재산이 불타거나 물에 떠내려가도 타버리지 않는 것, 떠내려가지 않는 것을 발견할 수 있는 것이 '안심'의 힘입니다. 그리하여 "진리를 가까이 하는 사람은 평안히 잠들고 마음은 즐겁고 맑다"고 노래한 의미를 잘 이해할 수 있습니다.

비록 동요하더라도 동요하는 마음 속에 동요하지 않는 마음의 존재를 믿는 가르침을 배우게 된다면 거기서 침착함을 갖게 될 것입니다. 즉 멸망해 가는 것 속에서 멸망하지 않는 것이 느껴지게 되는 것입니다. 그것이 "부처님의 가르침 속에서 지혜의 눈이 저절로 뜨인다"는 것입니다. 육안으로 보는 것이 아니라 저절로 보이는 것입니다. 보여지게 됩니다. 보이는 것을 그냥 그대로 순순하게 보는 것이 바로 지혜의 눈입니다.

마음과 몸은 떼어놓을 수 없습니다. 따라서 마음이 안정되면 몸도 안정되게 마련입니다.

마음은 이미 안정되고
언행 또한 바르면

바른 것으로부터 즐거움을 깨닫게 되느니
마음과 언행이 고요해지느니라 (96)
心已休息 言行亦正
從正解脫 寂然歸滅

언행은 마음의 발소리다

앞에 나온 79번 법구의 "마음은 즐겁고 맑다"를 받아 96번의 법구는 "마음은 이미 안정되고"라고 노래하고 있습니다. 수면이 잔잔해지면 파도 소리도 잔잔해지는 것처럼 마음이 고요해지면 '언행이 또한 온화하게' 됩니다. 나는 이것을 '언행은 마음의 발소리'라고 말하고 싶습니다. 마음이 안절부절못하면 언행도 거칠어지고 걸음걸이도 당당하지 못하게 되는 것을 우리는 흔히 경험하는 바입니다.

마음·말·행동의 세 가지는 수행이라고까지는 아니더라도 조용하고, 온건하고, 성급하지 않게, 라는 염원을 가지고 노력을 게을리하지 말아야 하겠습니다. 가정에서나 직장에서도 실행하려면 곧 할 수 있는데도 하지 않는 것은 도겐(道元)이 지적했듯이 끈기가 없기 때문입니다.

내가 공부할 때 특히 도움을 많이 받은 것은 신무라 이즈루(新村出) 박사가 편찬한 《고지엔(廣辭苑)》입니다. 이 사전의 고마움에 대해서는 학교나 관청이나 가정에서 많이 느끼고 있습니다. 이 사전은 신무라 이즈루 박사와 아드님 다케시 씨의 부자(父子) 2대에 걸친, 38년 동안의 고심 끝에 완성된 것입니다.

신무라 이즈루 박사는 이 사전의 편찬 중에 일어난 정치 및 사회 문제와 사건에 대해서도 학자로서의 비평을 올바르게 하고 있습니다. 영식 다케시 씨는 "아버지께서는 시대의 어리석음을 당신의 학문에서 엄격하게 거부한다는 자세를 한평생 무너뜨리려 하지 않으셨습니다. 화가 나시는 일이 있으면 그것을 노골적으로 노출시키기보다는 그 일에 관한 말의 역사, 즉 어원의 탐구를 통해 분노를 억제하는 것이 아버지가 즐겨 사용하셨던 정신 요법이었던 것 같습니다. 그런 점에서도 아버지께서는 훌륭한 학자셨다고 생각됩니다"라고 말했습니다.

예컨대 당시의 수상 요시다 시게루(吉田茂) 씨가 노동조합의 투쟁에 대해 '불령(不逞)한 자들'이라는 말을 하여 매스컴의 비난을 산 일이 있습니다. 이 시대 착오적 발언에 대해 신무라 박사는 '불령'이라는 단어의 검색을 철저히 하여 그것이 《노인 수필·불령록(不逞錄)》이라는 한 권의 노트로 남아 있다고 합니다. 박사의 문제 비평이 그대로 학문적인 노작(勞作)이 되어 사전의 어휘 해석을 보강하는 결과[緣]가 되었습니다.

신무라 박사는 다시 전후(戰後)의 식량난 시대의 슬픔과 기쁨, 한심스러움을 마찬가지로 단어의 탐색에 힘썼습니다. 그 당시에 60세 이상의 노인에게 빵을 두 개씩 배급한 것이 인연이 되어 "빵의 역사적 연구를 하려고 한다"라고 말하기도 했습니다. 비평이나 비판을 하는 경우에도 '마음은 고요하고 말씨도 온화하고 행동 또한 완만하다'가 신무라 박사의 태도였습니다.

인생은 '제1인칭의 나로 바라보아야 한다'

나도 박사의 흉내를 내고 있습니다. '친자(親子)의 단절'이 여러 가지로 문제가 되었을 때 나는 곧 사전에 나와 있는 '단절'의 항목을 찾아 빨간 줄을 긋습니다.

"단절 ① 중단되는 것. 끊기는 것. '집은 단절, 몸은 할복(割腹)' ② 절단하는 것"이라고 되어 있습니다. 이어서 몇 가지 《불교 사전》을 조사해 봅니다. 먼저 '단견(斷見)'이 눈에 띕니다. "단견은 상견(常見)의 대구(對句). 인과(因果)의 이치를 모르는 사견(邪見). 인간은 한번 죽으면 그대로 단멸(斷滅)하여 다시 태어나는 일이 없고 선악 및 그 응보도 없다고 집착하는 망견(妄見)을 가리킴"이라고 되어 있습니다.

'단견'은 '상견'과 대구를 이루므로 이번에는 그 항목을 찾습니다. "상견은 단견의 반대. 세상이 상주불변(常住不變)인 동시에 인간의 자아도 불변하며 죽어도 다시 태어나 지금의 상태를 계속한다고 집착하는 견해를 말한다. 석존은 상견에 기울어서도 안 되고 단견에도 기울어서는 안 된다고 가르쳤다. 영혼불멸설은 전자의 한 예이며 허무주의는 후자의 한 예로 그것들은 마찬가지로 집착한 견해이며 석존은 유무의 양자를 떠나 중도(中道)를 갈 것을 가르쳤다"라고 씌어 있습니다.

이것만으로도 '친자의 단절'에 대해 깊은 사색을 할 수 있습니다. 의견의 발표는 심한 어조가 아니더라도 할 수 있습니다. 때문에 자식이라고 함부로 나무랄 수도 없는 것입니다. 나는 그때 인생은 '제1인칭의 나를 바라보아야 한다'는 것을 절실히 생각했습니다. 즉 자기보다 연장자를 만나면 '저 노경(老境)이 내일의 내 모습'이라고 내다보고 자기보다 젊은 사람을 만나면 '저 젊음이 어제의 내 모습'이라고 뒤돌아보는 것입니다. 그러면 자기의 본연의 자세를 알게 됩니다. 물론 나는 아직 수행 중이므로 이 법구가 말하는 '올바른 깨달음을 얻었다'고는 생각하지 않습니다. 다만 사색하는 것이 즐겁다는 것이 나의 신조입니다.

다쿠앙(澤庵) 선사(1645년 사망)의 "아직 일지 않은, 파도 소리를 품은 물결 소리를 마음으로 들으라"는 시를 나는 좋아합니다.

파도가 인 다음에 파도인 줄 알아서는 이미 늦습니다. 고요한 수면에서 일찌감치 파도의 기미를 느껴야만이 안전한 항해도 할 수 있을 것입니다. 마음의 파도도 마찬가지입니다.

> 부지런함을 즐기고
> 게으름을 두려워하는 수행자는
> 마음에 얽힌 가쇄(枷鎖)를
> 불이 모든 것을 태워 버리듯이 태워 버린다 (31)
> 比丘謹愼樂 放逸多憂愆
> 結使所纏裏 爲火燒已盡

'가쇄' 란 번뇌, 조절하는 것

"일본 사람은 일을 지독하게 한다"고 비난받고 있습니다. 확실히 자기의 생활을 위해서는 너무 악착같이 일하는 것 같습니다. 그러나 자기 마음을 윤택하게 하거나 남에게 도움을 주려는 면에서의 노력은 대단히 게으르기 쉽습니다.

빵을 위해 열심히 일하는 것을 '근면' 이라 하고 자기의 마음을 평안하고 풍부하게 하며 인간의 슬픔이나 괴로움을 알려고 힘쓰는 것을 '정진(精進)' 이라고 합니다. 일본인은 근면하기는 하지만 반드시 정진한다고는 말할 수 없습니다. 이런 점에서 '경제적 동물' 이라고 평가받게 되는 것이겠지요.

법구 31번의 '부지런함을 즐기고 게으름을 두려워하는 수행자' 는 이른바 근면가(勤勉家)가 아니라 정진하는 사람을 가리키는 것이 분명합니다. 이런 사람은 '마음에 얽힌 가쇄를 모두 태워 버린다'고 합니다. '가쇄' 는 옛날의 형구(刑具) 중 하나로 죄인의 목이나 손발에 씌워 자유를 구속하는 기구로 지금의 수갑도 그 하나입니다. 여기서는 인간의 마음의 자유를 구속하는 것을 의미합니다.

정진하는 사람은 언제나 가쇄를 씌우지 않고 자유롭게 행동할 수 있는 것을 '마음에 얽힌 가쇄를 모두 태워 버리는' 것에 비유하고 있습니다. '마음에 얽힌 가쇄' 란 여러 가지 바람직하지 못한 현상, 즉 번뇌를 말합니다. 그런데 이 번뇌는 아침부터 저녁까지 언제나 우리들의 마음에 가쇄를 씌우고 있는 것은 아닙니다. 그야말로 갑자기 손이나 목에 때로는 발에까지도 번뇌의 가쇄가 씌워집니다. 분노, 탐욕 등이 번뇌의 가쇄 중에서도 특히 강력합니다.

그러나 '부지런함을 즐기는' 사람은 이 마음의 가쇄를 벗을 수 있습니다. '게으름을 두려워하는' 사람은 자기의 자유를 구속하는 번뇌의 가쇄를 태워 버릴 수 있다고 이 법구는 노래하고 있습니다. 그것도 특별한 장소에서의 엄격한 수행이 반드시 필요한 것이 아니라 그럴 마음만 있으면 일하면서 얻을 수 있습니다.

근면과 정진은 본래 동일해야 할 성질의 것입니다. 그러나 세상이 복잡해짐에 따라 바쁘게 돌아가야 하기 때문에 근면과 정진이 갈리기 시작했습니다. 그리하여 이 때문에 인간의 진보와 퇴보의 면이 분명히 드러나게 되었습니다.

기계 문명의 진보와 함께 우리들의 심신을 괴롭히는 번뇌라는 정신 현상도 복잡해지고 다양해졌습니다. 번뇌를 안고 살아가는 것이나 번뇌를 기피하는 것도 모두가 번뇌에 속합니다. 번뇌가 요구하는 대로 행동하는 것은 자유가 아니라 번뇌의 가쇄를 쓰고 있는 것입니다. 또한 살아있는 한은 없어질 리가 없는 번뇌에서 벗어나려고 하면 반대로 번뇌에서 벗어날 수 없도록 손가쇄 발가쇄가 채워지게 마련입니다.

그렇다면 어떻게 해야 하는가 ? 석존께서는 항상 "준비하라, 조어(調御)하라"고 가르치셨습니다. 조어는 '조교(調敎)'와 통합니다. 조교는 '맹수를 비롯하여 개나 말 등을 훈련시키는 것'입니다. 경우에 따라서는 조절 관리한다고 말해도 좋습니다. 번뇌를 조교하고 조절하는 것입니다. 음조(音調)를 조절하는 것처럼 마음을 조화시키는 것입니다. 그러므로 석존께서는 도를 깨친 사람을 '조교사 · 조어사'라고 불렀습니다. 자기 마음을 제어할 수 있는 사람이라는 뜻입니다.

'가쇄'는 확실히 괴로운 형구입니다. 그러나 현금(絃琴)의 소리를 높이기 위해 줄〔弦〕과 함께 멜대에 붙잡아 매는 고임말을 '가쇄'라고 부르는 것을 알고 번뇌도 인생의 의미를 높이는 현금의 가쇄와 같은 존재여야 한다고 생각합니다. 이렇게 생각하면 번뇌의 존재에 눈살을 찌푸릴 필요 없이 오히려 조용한 평안을 느끼지 않겠습니까?

> 화살을 만드는 사람은 화살을 곧게 다듬고
> 물 위에서 사는 사람은 배를 다듬나니
> 목공은 나무를 다듬고
> 현명한 사람은 자기 자신을 다듬느니라 (80)
> 弓工調角 水人調船
> 材匠調木 智者調身

바쁠수록 자기를 가라앉히고 다듬는 것이 중요하다

"화살을 만드는 사람은 화살을 곧게 다듬고"라고 말해도 지금은 얼른 와닿지 않을 것입니다. 화살은커녕 최근에는 연필도 손으로 깎지 않게 되었습니다. 깎을 수 없는 것이 아니라 깎지 않게 되었습니다. 모두 연필깎이의 신세를 지기 때문입니다. "연필을 깎는 방식으로 그 사람의 성격을 알 수 있다"고 나에게 가르쳐 준 소학교 선생의 말이 이 법구를 읽고 새삼스럽게 떠올랐습니다.

"물 위에서 사는 사람은 배를 조절한다"는 말도 먼 세계에 사는 사람의 일처럼 느끼게 되지만 결코 그렇지 않습니다. "자동차를 타는 사람은 자동차를 조절한다"는 말처럼 나는 차를 좋아하는 사람에게서 "사람에게 인상(人相)이 있듯이 자동차에도 '차상(車相)'이라는 것이 있어요. 차상은 자동차의 뒷모습으로 잘 알 수 있어요. 사람의 뒷모습에서 그의 성격을 알 수 있는 것과 같아요"라는 말을 듣고 나 역시 그럴 것이라고 생각했습니다.

"화나는 일이나 초조한 일이 있을 때 운전을 하면 사고를 일으키기 쉬워요. 그럴 때에는 주차장에 세우고 기분을 가라앉히지요"라고 말하는 운전 기사도 있습니다. 그런 말을 듣고 나서 나는 손수 운전은 할 줄 모르지만 자동차의 창을 통해 트럭이나 자가용이나 영업용 차를 보면 '차상'이나 운전 기사의 심리 상태를 알 수 있어 재미있습니다.

택시를 타도 정지 신호가 잇따르거나 길이 막히게 되면 초조해 하는 운전 기사를 볼 수 있습니다. 그런가 하면 그 사이에 자동차의 앞 유리를 닦거나 기계를 점검하는 사람도 있습니다. 재미있는 것은 운전 기사의 성격이 그 차에 반영되어 있는 사실입니다.

연필을 깎지 않게 된 어린이나 어른은 자기의 성격을 고칠 수 있는 좋은 기회를 하나 놓친 셈입니다. 자동차를 타고 자기를 조정하는 것을 잊어버리는 사람은 자동차를 조정할 시간이 있어도 이용하지 못합니다. 80번의 법구 가운데 "목공이 나무를 다듬고"라는 구절이 있습니다. 전쟁 전의 이야기지만 나의 이웃에는 미즈시마(水島)라는 목공소가 있었습니다. 그 무렵에 나는 '소나무 어린이회'를 학생들끼리 절에서 개최하고 있었으므로 어린이회에서 사용할 흑판을 그곳에다 주문했습니다. 작은 흑판이었지만 검은 도료로 칠하고 정성껏 나무결을 맞추어 뒤틀리지 않게 첨목(添木)을 대는 것을 보고 물건을 만드는 사람들은 저마다 남모르는 정성을 다하고 있음을 느꼈습니다.

이 80번의 법구는 "현명한 사람은 자기 자신을 다듬느니라"라고 끝을 맺고 있습니다. '현명한 사람'이란 반드시 머리가 좋은 사람을 가리키는 말은 아닙니다. 특별한 시간과 장소를 택하여 자신을 다듬는 것이 아니라 여기에 쓴 것처럼 자기 일을 하면서 자기를 제어하는 사람을 가리킵니다. 일하면서 인생을 배우고 자기 마음도 양성하는 사람이 '현명한 사람'입니다. 말하자면 일과 자기가 일체가 되는 사람을 '현명한 사람'이라고 합니다.

세상은 점점 복잡해지고 일은 더욱 다양해집니다. 그럴수록 자기를 조용히 다듬는 장소와 시간을 수시로 곳곳에서 찾아내어 자기를 가누고 슬기롭게 처세하여 내면적으로 풍요한 사람이 되도록 해야겠습니다.

모든 악행을 저지르지 말고
모든 선을 좇아서 행하여
스스로 그 마음을 깨끗이 하는 것이
모든 부처들의 가르침이니라 (183)
諸惡莫作 諸善奉行

自淨其意 是諸佛教

'악인'이란 자기의 악의 아픔을 아는 '선인'

이 183번의 법구는 알기 쉽게 말하면 "나쁜 일을 하지 말고, 좋은 일을 하라. 마음을 깨끗이 하는 것이 부처님의 가르침"이라는 것입니다. 스즈키 다이세츠(鈴木大拙) 박사는 "선악을 초월하여 그 마음 구석구석까지 깨끗해져서 먼지 하나 남지 않게 하는 것이 불교이다. 불교에서는 신을 내세우지 않지만 자기 마음이 깨끗이 닦여 빈[空] 상태가 되어 그 이상 부정할 것이 없게 될 때 절대의 긍정(肯定)이 자연히 그 속에서 솟아난다. 부정이 곧 긍정이 되는 것이다"라고 사람들에게 설법합니다.

이 183번의 법구는 〈칠불통계게(七佛通誡偈)〉로서 알려져 있습니다. '통계게'는 공통된 가르침의 시(詩)라는 뜻이지만 '칠불'에 대해서는 두 가지 주장이 있습니다. 하나는 석존 이전에 일곱 분의 부처님이 계셨다는 주장이고 또 하나는 칠불이란 숫자적인 의미가 아니라 모든 부처님이라는 불특정 다수를 가리킨다고 주장하는 것이 그것입니다.

어쨌든 '언제, 어디에, 어떤 부처님이 나타나도 반드시 이것만은 설법한다는 공통된 가르침의 시'라는 점에서 일치합니다. 특히 석존 이전의 과거 칠불이라는 복수의 부처님을 설정했다는 것은 영원한 과거로부터의 보편·타당·필연의 진리의 표상(表象)으로 생각됩니다.

이 공통된 가르침이 183번의 "모든 악행을 저지르지 말고 모든 선을 좇아서 행하여 스스로의 마음을 깨끗이 하는 것이 모든 부처들의 가르침이니라"라는 법구이며 같은 의미의 한역 시로 《열반경》에서도 볼 수 있습니다. 즉 "마음을 깨끗이 하고〔淨心〕, 악을 행하지 않으며〔止惡〕, 선을 행하는〔行善〕 세 가지를 실행하는 것이 부처님들의 가르침"이라고 되어 있습니다.

이 〈칠불통계게〉에는 다음과 같은 이야기가 전해지고 있습니다.

중국의 도림(道林) 선사(824년 사망)는 언제나 산속의 늙은 소나무 가지 위에서 좌선(坐禪)을 하고 있었으므로 세상에서는 그를 '조과(鳥窠) 도림'이라고 불렀습니다. 때마침 시인이며 정치가였던 백낙천(白樂天)[42]이 어느 날 선사를 찾아가서 "위험합니다 !"하고 주의를 주었더니, 조과는 "위험한 것은 당신이오. 당신의 마음속에는 번뇌의 불길이 타오르고 있으니 위험하오"하고 응수했습니다.

백낙천이 화제를 돌려 "석존의 가르침이란 무엇이오 ?"하고 물었더니, 조과는 이 〈칠불통계게〉로 대답을 대신하였습니다. 백낙천은 코웃음을 치면서 "그런 건 세 살난 아이도 알고 있소"하고 지나가려고 했을 때, 조과의 말이 그의 발걸음을 가로막았습니다.

---

42) (772~846). 중국 당나라 시인. 호는 향산거사(香山居士). 낙천은 그의 자(字). 대표적인 작품으로 〈비파행(琵琶行)〉, 〈장한가(長恨歌)〉, 〈신악부(新樂府)〉 50수 등이 있고 시문집으로 《백씨문집(白氏文集)》이 있음. 그의 시는 짧고 평이(平易)·유려(流麗)한 것이 특징임.

"그런데 80세의 노인도 실행하기 어려울 것이오"하니, 백낙천도 발길을 멈추지 않을 수 없었을 것입니다. 실천이 따르지 않으면 아무리 높은 차원의 가르침도 공전(空轉)하게 됩니다.

이 시는 너무 평이한 어조(語調)여서 읽고 흘려 버리는 경솔함을 조과는 훈계했지만 이 훈계는 현대인에게도 필요합니다. "모든 악행을 저지르지 말고, 모든 선을 좇아서 행하라"는 말은 앞에서 언급한 "악을 다시 행하지 말라" 또는 "작은 악을 가볍게 여기지 말라"와 같은 계열에 속합니다. 그러나 이것을 도덕률로만 간과해서는 안 될 것입니다.

"모든 악행을 저지르지 말고"라는 말은 자명한 이치입니다. 그러나 우리는 무의식 중에 악을 행하고 또한 악인 줄 알면서 살기 위해서 악을 저지르는 경우도 있습니다. 그것이 인간의 천성이며 살아 있다는 증거이기도 합니다. 남을 탓하기 전에 자기의 쓰라림을 느끼는 것이 종교의 심성입니다. 신란(親鸞:정토진종의 개조)은 세상의 통념과는 달리 악에 대해 아픔을 느끼는 사람을 악인이라고 불렀습니다. 그는 이 아픔을 누구보다도 강하고 심하게 통감한 '악인'이었습니다. 악인이란 자기가 저지른 악의 쓰라림을 느끼고 한탄하는 '선인'이기도 할 것입니다.

앞에서 말한 백낙천의 경우에도 그 자신이 도덕적인 차원에서 '선인'임을 자랑하는 것을 조과는 경계했던 것입니다. 조과는 새처럼 나뭇가지 위에 앉아서 인간악(人間惡)의 근원을 통감했을 것입니다. 바람에 흔들리고 독수리의 습격을 받는 나뭇가지 위에서 좌선한다는 것은 듣기만 해도 심신이

긴장됩니다.

정(淨)은 부정(不淨)의 반대어가 아니라 공(空)과 동의어다

교토의 고산사(高山寺)에 〈묘에 상인[43] 수상좌선상(明惠上人樹上坐禪像)〉이라는 그림이 있습니다. 묘에(1232년 사망)는 《화엄경》의 오의(奧義)[44]를 터득하고 교토의 도가노오(栂尾)에 다목(茶木)을 심은 사람으로 알려져 있습니다. 이 그림은 가마쿠라(鎌倉) 초기의 명작으로서 조과와 마찬가지로 소나무 가지 위에서 조용히 좌선을 하고 있는 모습을 그린 것입니다. 그러나 이 소나무 뿌리와 함께 묘에의 마음은 땅속 깊은 곳까지 뿌리를 내리고 소나무에 얽힌 풀넝쿨에까지 뻗혀 있는 기력을 느끼게 합니다.

하쿠인(白隱) 선사(임제종 중흥의 시조, 1768년 사망)가 수행자에게 "지옥의 솥 위에 앉아 있다는 것을 잊지 말라!"하고 훈계했다는 이야기는 앞에서 했지만 나뭇가지 위나 솥뚜껑 위는 모두 무상(無常)의 악(惡) 위에 앉아 있다는 자각입니다. 여기에서 우리는 도린──묘에──신란──하쿠인으로 통하는 하나의 맥락을 느끼게 됩니다.

두 번째 구절인 "모든 선을 좇아서 행하여" 역시 유치원 아이들도 알고 있는 윤리이지만 선을 행하고 싶어도 행하지

---

43) 지혜와 덕을 겸비한 스님을 존칭하는 말.
44) 매우 깊은 뜻.

못하고 악행을 저지르기 쉬운 쓰라림을 느끼지 않으면 안 됩니다. 이 구절은 깊은 경험을 쌓은 다음의 평범한 표현입니다. 왜냐하면 그만한 경험이 없이 다만 문자에서 받는 평이감으로 접한다면 큰 과오를 범할 수가 있음을 부디 유념해야 합니다. 그것은 비록 이 구절에만 적용되는 것은 아닙니다.

"스스로 그 마음을 깨끗이 하는 것"이라는 말은 도덕률을 초월하는 동시에 도덕률의 기반이 된 도덕을 도덕이 되게끔 하는 사상입니다. 이 법구의 영역으로 To Cultivate good(선을 배양하다)라고 되어 있습니다. 동사인 culture는 '경작한다'는 어원을 가지고 있습니다. 악으로 굳어지기 쉬운 인간의 마음을 항상 경작하여 유연한 상태로 유지하는 작업을 의미합니다.

'정(淨)'은 '부정(不淨)'의 반대어가 아닙니다. 정·부정의 상대관(相對觀)을 지양(止揚:모순을 고차원의 통일로 해결하는)한 '정'입니다. 정과 부정을 골라잡는 집착을 초월한 경지를 한문으로는 '정심(淨心)'이라 일컫고 있습니다. 이를테면 공(空)과 정은 동의어가 되는 것입니다. 이 공을 좇으라고 이 구절은 가르치고 있습니다. 공을 좇으면 악을 미워하지 않게 되고 선을 자랑하지 않게 되는 지혜가 생깁니다. '공'에 신심(信心)의 기반을 두면 남의 악을 가엾게 여기게 되고 선을 기뻐하는 자비심이 생기게 됩니다. 이 '칠불통계게'가 보편의 진리라고 일컬어지는 까닭이 바로 여기에 있습니다.

현대인은 도덕을 모르는 것이 아니라 다만 자기의 선인 의식(善人意識)에 취하여 남을 악이라는 발상법에 사로잡혀 있는 것입니다. 우리는 여기에서 깨어나 남의 악 속에서 자기의 악을 볼 수 있는 깊은 공(空)의 눈을 떠야 합니다.

제 4 장 도제(道諦)

― 몸도 마음도 편하게 할 수 있는 여덟 가지 행위 ―

괴로움과 괴로움의 원인과
괴로움의 초월과
괴로움의 정지로 인도하는
여덟 가지 바른 길이 있느니라 (191)
生死極苦 從諦得度
度世八道 斯除衆苦

스스로 삼존으로 귀의하면
더없는 즐거움과 무상(無上)의 피난처를
오직 여기에서 얻을 수 있을 것이니
온갖 고통으로부터 벗어나게 되리라 (192)
自歸三尊 最吉最上
唯獨有是 度一切苦

'팔정도(八正道)'는 괴로움의 초월과 정지(停止)에 이르는
여덟 가지 길

　우리는 이미 인생은 괴로움이라는 진리〔苦諦〕, 괴로움의
원인은 무상(無常)과 집착에 있다는 진리〔集諦〕, 무상의 세
계를 초월하여 집착에서 벗어나는 것이 평안을 얻는 진리〔滅
諦〕라는 것을 배웠습니다. 끝으로 "평안에 이르는 수행은 팔
정도에 의해야 한다"는 '도제(道諦)'에 대해 알아보겠습니
다. 나는 전에 사제(四諦)를 인간의 병에 비유하여 '고제'는
증상의 조사, '집제'는 원인의 탐구, '멸제'는 병의 통증을
억제하는 것과 비슷하다고 말했습니다. 그러면 최후의 '도
제'는 그 요법을 가르쳐 건강을 회복하는 방법을 실천하는
것이 됩니다.
　여기 소개한 191번과 192번의 두 법구는 그 요법으로 우
리가 실천해야 할 방법을 노래하고 있습니다.
　팔정도는 원시 불교에서 존중되었던 여덟 가지의 실천 덕
목입니다. '성도(聖道)'는 성스러운 길이며 '정도(正道)'는

바른길로서 모두 같은 뜻을 나타내고 있습니다. 그리고 '정' 이란 윤리의 '정(올바르다)'의 의미와 '인연'의 도리를 내포하고 있다고 생각합니다.

왜냐하면 석존께서 최초에 깨친 것이 인연의 법이며 맨 처음 설법에서도 인연을 설법했기 때문입니다. 그리고 "모든 것이 연(緣)에 따라 일어나기 때문에 인연에 따라 멸하는 것"이라는 '인연설'은 석존의 일관된 사상이며 가르침입니다. 그러므로 인연의 가르침〔法〕에 따르는 것이 선이며 정(正)입니다. 인연의 법을 무시하는 것이 악이요 사(邪)입니다. 인연의 법은 뛰어난 성스러운 가르침의 도(道)이므로 정도(正道)라고도 하고 성도(聖道)라고도 하는 것 같습니다 (이하 '팔정도'라 씀).

팔정도를 표시하면 다음과 같습니다.

1. 정견(正見) : 바른 견해, 신심
2. 정사유(正思惟) : 바른 의지, 결의
3. 정어(正語) : 바른 말
4. 정업(正業) : 바른 행위
5. 정명(正命) : 바른 생활
6. 정정진(正精進) : 바른 노력, 근면
7. 정념(正念) : 바른 의식(意識), 주의
8. 정정(正定) : 바른 마음의 안정.

이것을 《법구경》의 구절에 따라 차례로 학습하려 합니다. 팔정도는 이 순서에 따라 발생했다는 주장도 있습니다. 그러나 학습해 가는 동안에 밝혀지겠지만 팔정도는 각각 독립되어 있는 것이 아닙니다. 서로 관련되어 어느 한 가지 정도에도 다른 일곱 가지 정도가 포함되어 있으므로 그다지 서열을 중요하게 생각할 필요는 없습니다.

사물을 올바로 본다 ── 〔正見〕· 1

세상은 어리석음으로 덮여 있어
보고도 보지 못하는 사람이 있나니
사악함과 의심이 도(道)를 막는다
그물에서 벗어나 나는 새가 드물듯이
마음의 평온을 얻기도 쉽지 않다 (174)
痴覆天下　貧令不見
邪疑却道　若愚行是

'우란분(盂蘭盆)'이란 잘못을 말하고 충고받는 날

"세상은 어리석음으로 덮여 있어 보고도 보지 못하는 사람이 있나니"라는 구절은 즉 '보아도 보이지 않는' 상태를 말합니다. 보고 있는데도 아무것도 보이지 않는 것은 그 사람에게 마음이 부재(不在)하기 때문입니다. 그리고 보아도 올바로 보이지 않는 경우가 있습니다. 이것을 그릇된 견해 ── 사견(邪見)이라고 말합니다. 비뚤어진 부정한 시각으

로 인과의 도리를 무시하는 시각이므로 '망견(妄見)'이라고
도 합니다. 《반야심경》에서 말하는 '전도몽상[45](顚倒夢想)'
입니다.

흔히 '인식 부족'이니 '착각'이니 하고 말하는데 인과의
도리를 무시하는 사견은 인식 부족이나 착각 정도가 아니라
거꾸로 된 인식이므로 나는 그것을 '도견(倒見)' 또는 '도각
(倒覺)'이라고 부릅니다.

불교의 행사 중에서 우리와 가장 친숙한 것은 '우란분회
(盂蘭盆會)[46]'일 것입니다. 그러나 분(盆)의 유래를 아는 사
람은 적습니다. '분'을 배우면 '정견'을 잘 이해할 수 있다
고 생각하므로 거듭 소개합니다.

'분'의 원어는 범어(산스크리트)인 우란바나로서 한자로는
음을 따서 '盂蘭盆'이라고 쓰며 생략하여 '분'이라고도 하
고 '도현(倒懸)'이라고 번역하기도 합니다. '도현'은 뒷동산
의 너구리처럼 발을 위로 올리고 머리를 아래로 매달려 있는
상태를 가리킵니다. 이와 같은 상태에서는 심신이 모두 심한
고통을 느끼게 되므로 옛날에는 죄인의 고문에 이용되었습
니다.

'도현' 본래의 의미는 육체의 고통과 함께 가랑이 사이로

---

45) 범부(凡夫)가 무명(無明)에 어두워서 진리를 비진리(非眞理)로, 비진
   리를 진리로 바꾸어 봄.
46) 도는 오람바나(烏藍婆拏)라고도 함. 이것은 지옥, 아귀도에 떨어진
   이의 혹심한 괴로움을 구원하기 위하여 닦는 법으로 하안거(夏安居)
   의 끝날인 음력 칠월 보름날에 행하는 불사(佛事). 이 날은 여러 가지
   음식을 만들어 조상의 영전에 바치고 아귀에게 시주하고, 조상의 명
   복을 빌며 그 받는 고통을 구제한다고 함.

주위의 풍경을 보는 것처럼 '거꾸로 보는' 고뇌를 가리킵니다. 내가 말하는 '도견'은 '도현'과 통합니다.

인도의 불교도는 우기(雨期) 3개월 동안은 외출하게 되면 초목이나 벌레들을 밟아 죽일 우려가 있다고 동굴이나 집안에서 수행을 합니다. 이것을 우안거(雨安居)라고 합니다. 안거가 끝나는 날은 7월 15일이며 '자자(自恣)[47]의 날'이라고 부릅니다. '자자'란 '뜻대로 · 마음대로 · 자유롭게'라는 뜻이며, 위에서 명령을 받아서가 아니라 자진하여 자기의 잘못을 말하고 남의 충고를 순순히 받아들이는 날입니다. 그러므로 7월 15일은 '우란분(도현)의 괴로움에서 벗어나는 자자의 날'이라고 말합니다. 즉 '분'의 7월 15일은 인생 행로의 길손이 모여 서로 진로(進路)의 오차(誤差)를 시정하는 날입니다.

정견(正見)이란 상견(相見), 대면의 의미

'도현' —— '도견'의 괴로움이 생기는 최대의 원인은 자아애의 에고(ego)에 있습니다. 편애, 방자가 쌓여 스스로 자기를 결박하고 거꾸로 매달려 괴로워하는 것입니다. 그래서 석존께선 "눈을 뜨고 올바로 보라"고 '정견'을 가르치셨습

---

47) 범어(梵語) 발랄바랄나(鉢剌婆剌拏)의 번역. 수의(隨意)라고도 함. 하안거(夏安居)의 마지막 날에 스님들이 모여 견(見) · 문(聞) · 의(疑) 3사(事)를 가지고 서로 자기의 죄과(罪過)를 참회 또는 고백하여 다른 스님에게서 충고를 받는 일.

니다. '도현'의 밧줄을 풀고 올바른 자세로 돌아가는 것이 육체의 고통에서 벗어나는 방법이며 '도견'에서 '정견'으로 돌아가는 것이 마음의 평온을 얻는 길입니다.

앞에서 나는 '자자의 날'을 '자진하여 잘못을 서로 말하는 날'이라고 했는데 '자(恣)'에는 또한 '자각한다'는 뜻이 있음을 유의해야 합니다. 즉 '자자'란 '스스로 자각한다'는 의미입니다. 스스로 알아차리고 타인에 의해 알게 되며 다시 자기의 마음 속에서 '아, 그렇지' 하고 깊이 수긍해야 비로소 고뇌가 풀리게 됩니다. '자각'과 '구제'는 동의어입니다. 이와 같이 올바로 보는 것이 '정견'입니다.

'견(見)'은 '본다'와 함께 '뵌다'라는 뜻도 있으며 '만난다'의 경어로 쓰이지만 《대언해(大言海)》라는 큰사전에는 [뵙는다에서 전화(轉化)되어 보기도 하고 보이기도 한다는 뜻]이라는 주목할 만한 해설이 있습니다. 즉 볼 뿐만 아니라 '상견(대면)'의 의미가 내포되어 있습니다. 타인 속에서 진실한 자기를 만나게 되는 것을 '상견'이라고 말합니다.

"불신(佛身)을 보는 사람은 불심(佛心)을 본다"고 옛 사람은 말했습니다. 불상(佛像)이나 불화(佛畵)를 보는 것은 그 분신 속에 부처님의 마음, 즉 진정한 자기와 만나게 된다는 것을 말합니다. 그것은 거울을 보면서 자기와 만나는 것과 비슷합니다. 자기의 오점을 보고 자기를 아름답게 하는 것이 거울을 보는 최종 목표입니다. 그와 마찬가지로 부처님의 마음을 거울로 하여 자기 마음을 비추고 자기 마음에 부처님의 마음을 옮겨놓는 것이 수행입니다. 부처님을 뵙는다는 것은 부처님에게 보여지고 있다는 것이 신심의 시작입니다. 자기를 올바로 비추어 보는 것이 '정견' 입니다.

수행과 신심의 극치에서 부처님의 마음이 자기 마음으로 옮아옵니다. 그러나 이것을 이해하기란 쉽지 않으므로 '부처님에게 보이고 있다'고 믿는 것이 가장 알기 쉬울 것입니다.

팔정도의 서열에 큰 의미가 없다고는 하지만 어쨌든 최초에 '견(見)', 즉 '신(信)'이 놓이게 된 것은 역시 그 나름의 의미가 있을 것입니다. 당시에는 석존께서 생존 중이어서 눈앞에 석존을 보고, 석존께 보인다는 '견'의 구체적인 사실이 믿는다는 추상적인 사실보다도 더욱 깊은 평안을 얻었기 때문이라고 생각됩니다.

내가 어머니를 아귀(餓鬼)로 만들었다

'우란분'과 관련된 것으로 목련(目連)[48]의 이야기가 전해지고 있습니다. 목련은 석존의 10대 제자 가운데 한 사람으로 신통력(神通力)이 뛰어난 점으로 널리 알려져 있습니다. 어느 날 그는 세상을 떠난 어머니가 어떤 생활을 하고 있을까 궁금하여 신통력으로 알아보니 아귀계(餓鬼界)에 떨어져 기갈에 허덕이고 있었습니다. 그는 깜짝 놀라서 물과 음식을 어머니에게 주었습니다. 그런데 음식이 아직 입에 들어가기도 전에 그것이 화탄(化炭:불이 붙는 것)이 되어 끝내 먹을

---

48) 석가의 10대 제자의 하나. 인도 사람으로, 성은 바라문(婆羅門). 불문(佛門)에 들어와서 부처님을 도와 신통(神通) 제일의 성예(聲譽)를 얻음. 나복(羅卜) 혹은 목건련(目揵連)이라고도 함.

수 없었습니다. 그러자 목련은 깜짝 놀라 울면서 석존께 이 것을 알렸더니 석존께서는 잘라 말씀하시기를 "너의 어머니 는 악업이 많아 네 혼자의 힘으로는 구할 수가 없다. 너의 효심의 목소리가 천지를 움직인다 해도 어떻게 할 수가 없다" 라고 하셨습니다.

"정성 어린 음식물이 타오른다"는 소박한 표현에서 도현 과 도견의 괴로움을 보게 됩니다. 호의를 악의로 받아들이고 충고를 매도로 느끼는 것이 '도현(견)의 괴로움'이며 오늘날 에도 많은 예를 볼 수 있습니다. 모든 것을 악의로 받아들이 는 것은 아집 때문입니다. 자기 중심의 판단이 도현(견)의 괴로움을 부르는 것을 우리는 이미 배웠습니다.

경전에 기록되어 있지는 않지만 목련의 고뇌가 눈에 보이 는 듯합니다. 어찌하여 그 착한 어머니가 아귀계에 떨어졌을 까요? "어머니의 마음은 어둠에 있지 않지만 자식을 생각하 므로 미망(迷妄)에서 헤어나지 못하누나"라는 노래가 생각 납니다. 자기 아들에 대한 사랑의 집착은 아무래도 배타적이 되기 쉽습니다. '이 아이도 저 아이도 모두의 아이'라는 말 은 표어적(標語的)으로는 이해되지만 실제로는 자기 아이와 남의 아이를 구별하여 자기 아이만 맹목적으로 사랑하게 되 어 죄업(罪業)을 거듭하게 됩니다.

목련은 '자기(아집)가 있기 때문에 어머니를 이처럼 괴롭 히게 되었다', '자기가 어머니를 아귀로 만들었다'고 세상을 떠난 어머니의 아귀 모습에서 자기를 보고 자기 속에 아귀 모습을 보았습니다. 어머니의 도현(견)의 괴로움이 연(緣)이 되어 목련은 자기 마음을 깊이 들여다볼 수 있었던 것입니다. 그때 석존은 그에게 가르치시기를 "7월 15일(음력) 자자(自恣)의 날은 수행자의 덕도 깊어지므로 그날 많은 수행자에게 봉사(공양)하는 것이 좋겠다"라고 하셨습니다.

목련도 수행자의 한 사람으로서 자자의 날에 어머니를 괴롭힌 원인이 자기에게 있음을 자각하고 다른 사람에게 이 사실을 말했을 것입니다. 같은 길을 가는 사람끼리 자기의 허물을 서로 말하고 남의 말을 순순히 받아들이는 것이 도견(倒見)에서 정견(正見)으로의 올바른 눈을 갖는 방법이 됩니다. 죽은 자의 잘못을 구제하려면 산 자 자신의 깨달음이 중요함을 그는 깨달았던 것입니다. 이리하여 정견은 가르침을 믿는 연(緣)에 의해 얻어지며 또 믿는 것이 올바로 눈을 뜨는 결과가 됩니다.

우리 부부도 도현고(倒縣苦)에 빠져 있었다

그러나 이와 같은 연은 좀처럼 얻기 어렵다는 것을 이 법구는 "그물에서 벗어나 나는 새가 드물듯이 마음의 평온을 얻기도 쉽지 않다"라고 한탄하고 있습니다.

내 이야기여서 망설이게 되지만 나의 계모(繼母)는 앞에서도 말했던 것처럼 내가 전장에 나가 있을 때 피난처인 츠(津)시의 보리사(菩提寺) 근처 방공호에서 소이탄을 맞아 세상을 떠났습니다. 부끄러운 말이지만 계모는 우리들의 호의를 모두 악의로 받아들여 병적인 편협심으로 우리를 닦달했습니다. 지금 생각해 보면 계모는 도현고에 시달리고 있었던 것입니다. 심약했던 나는 계모의 괴로움을 알아차리지 못하여 구제하지 못한 것을 지금 부끄럽게 여기며 슬프게 생각합니다. 계모를 구제하기는커녕 우리는 자기들의 불우한 처지를 슬퍼할 뿐이었습니다. 그야말로, "올바로 보는 사람이 적다"는 말이 맞습니다.

이 사실을 먼저 알게 된 것은 제 아내입니다. 내가 전쟁터에서 돌아 온 후 중병으로 누워 있는데 아내가 베갯머리에서 "어머님이 가엾어요"하고 계모의 생전 때와는 달리 눈물을 흘렸습니다. 그때까지는 '가엾은 것은 우리 부부쪽이다' 하고 생각했는데 사실은 우리도 도현고에 빠져 계모와 우리는 서로 괴롭히고 있었던 것입니다.

비참하게 죽은 계모의 괴로움을 구제하고 우리 부부도 마음 편히 살려면 어떻게 해야 하는가를 나는 병상에서 줄곧 생각했습니다. 내가 만일 다행히 다시 일어나게 된다면 이 소원을 이루는 것은 우리 부부의 삶에 달려 있는 것이 아닐까 하고 말했더니, 아내도 "저도 그렇게 생각하고 있어요"라고 대답하는 것이었습니다. 우리는 갑자기 마음이 홀가분해졌습니다.

그때까지 나는 병상에 조용히 누워 있었으나 내 마음은 도현이며 도견이었음을 깨닫게 되자 내 심신의 자세도 바르게 된 것처럼 느껴졌습니다. 그 후 《법구경》을 읽고 뜻하지 않게 다음에 배울 구절에서 많은 것을 배우게 되었습니다.

사물을 올바로 본다 —— 〔正見〕·2

남의 잘못을 보지 말며
남의 그릇된 행실을 책하지 말라
항상 자신을 반성하고
바른 것과 바르지 않은 것을 알라 (50)
不務觀彼 作與不作
常自省身 知正不正

나와 관련된 10여 억(億)의 '나'

자칫 남의 잘못이나 결점은 눈에 뜨이기 쉽고 남의 사악함
에 대해서 비난하기는 쉽습니다. '해야 할 일을 하지 않는'
타인을 책망하기 쉬운 것도 우리 자신입니다. 그 우리들에게
"자기가 무엇을 어떻게 했는가를 스스로에게 물어 보라"고
이 법구는 다그치고 있습니다. 옛날부터 "남을 보고 자기를
고치라"거나 "남의 잘못을 책하기 전에 자기 잘못을 돌아보
라"고 가르치는 것도 같은 훈계일 것입니다.

그런데 이 50번의 법구는 더욱 깊이 새겨 읽어야 합니다.
인간 관계는 서로 만났을 때부터 시작되는 것이 아니기 때문
입니다. 누구나 무한한 과거를 갖고 있으므로 어느 시대에
어딘가에서 각자 사이에 반드시 어떤 관계가 있었음에 틀림
없습니다.

예컨대 나는 나의 1대에만 끝나는 존재가 아닙니다. 나의

부모는 이를테면 나의 과거의 '나' 입니다. 나의 부모가 있기 위해서는 4명의 조부모가 있어야 합니다. 나에게서 겨우 2대를 거슬러 올라가도 나에게는 '네 사람의 나' 가 있습니다. 그 수는 대를 거슬러 올라갈수록 등비 급수적(等比級數的)으로 늘어갑니다. 나의 30대 전의 조상으로부터 계산하면 1대의 평균 수명을 30세로 쳐도 30대면 900년, 거의 10세기에 걸쳐 10억이 넘는 '나' 가 있습니다.

이 숫자는 나만이 아니라 누구에게나 마찬가지입니다. 아무리 지구가 넓어도 이 숫자를 알게 되면 먼 옛날에도 언제, 어디서 나는 반드시 어느 누구와 접해 있었음을 알게 됩니다. "옷깃을 스치는 것도 전생(前生)의 연(緣)"이라거나 "완전한 타인은 한 사람도 없다"는 속담을 앞에서도 말했지만 결코 관념론적인 발상은 아니라는 것을 알 수 있습니다.

과거의 상호 관계가 어떤 것이었는지는 아무도 알 수 없습니다. 그렇다고 해서 관계도 책임도 없다고 뿌리칠 수도 없는 것입니다. 누구나 완전히 고립해서는 살 수 없기 때문이며, 과거의 타인과의 관계에 의해 인간은 구성되어 있기 때문입니다. 나와 타인 사이가 애(愛)·증(憎)의 어느 쪽과 관련이 있었는지는 알 수 없지만 "그 관련을 보라", "과거에 무엇을 했는지 생각해 보라"고 이 법구는 묻고 있습니다.

무한한 과거에서 현대까지의 기록은 알 수 없지만 일생에 걸쳐 자신이 받는 고락, 희비가 그 대답입니다. 남만 탓하는 인식의 천박함을 인정하지 않을 수 없습니다. 옛사람은 "과거의 원인을 알고 싶으면 현재의 자기 상태를 보라" "과거의 인(因)을 알려면 현재의 과(果)를 보라"고 가르쳤습니다. 마

찬가지로 "미래의 과(果)를 알려면 현재의 그림을 보라"고
말하고 싶습니다.

내 마음의 수라(修羅)가 계모를 변신시켰다

인간의 과거에서 현재 그리고 미래의 모습은 업(業)에 의
해 결정됩니다. 업은 운명이 아니라는 것은 자주 말했습니
다. 인간은 오직 자기의 행위에 의해 자기의 상태를 주체적
으로 쌓아 올리는 동시에 그 개변(改變)도 가능한 것이 업의
인식입니다. 전에도 언급한 씨 없는 수박이 인간의 지식과
노력에 의한 품종 개량의 성과인 것과 비슷합니다. 관념적 ·
결정적인 운명론이 아니라 유동적으로 인간이 인간을 규정
한다고 보는 것이 '업의 주장'이며 전향적인 인간 형성이 가
능함을 말합니다. 앞에서 배운 지옥이나 아귀는 우리들의 업
이 느끼는 세계입니다. 생전과 사후의 관념을 초월하여 현실
에서 경험하는 세계인 것입니다.

우리가 느끼는 업의 세계에는 다시 아수라(수라)가 있습
니다. 아수라는 범어 아스라의 음을 딴 한역으로 인도신화에
서 볼 수 있는 신의 이름입니다. 처음에는 선한 신이었으나
나중에 악한 신으로 변합니다. 석존께서는 이 수라를 자기의
사상 체계에 넣어서 불법(佛法) 수호신의 성격을 부여하는
동시에 인간의 윤회의 일환으로도 헤아렸습니다. 즉 인간의
마음 속에서 일어나는 선악의 교차에 시달리는 상태를 나타
내는 것입니다. 나라(奈良)의 고후쿠지(興福寺)에 있는 〈아

수라상(阿修羅像))에는 불법 수호의 신격(神格)과 이 고뇌가 선명하게 표현되어 있습니다.

겐신(源信) 대사는 《왕생요집(往生要集)》에서 수라를 다음과 같이 설명했습니다.

"만일 천둥이 울리면 이것은 천고(天鼓)라 하여 두려워 허둥대고 마음이 크게 흔들린다. ……그리고 날마다 3시에 고구(苦具)가 스스로 와서 핍해(逼害)하며 갖가지 우려로 괴롭힌다."

이것을 읽으면 수라는 세상에서 말하는 것처럼 남과 싸움을 좋아할 뿐만 아니라 내적 항쟁의 고뇌의 표상(表象)임을 알 수 있습니다. 여기서 우뢰 소리를 '천고'라고 하여 두려워한다는 말은 인간이 맛보는 저항하기 어려운 심적 불안을 말해 주고 있습니다. 그리고 "날마다 세시에 고구가 스스로 와서 핍해하며 여러 모고 괴롭힌다"에서는 현대인에게 나타나는 분열증적(分裂症的)인 심정을 느끼게 됩니다.

이 불안과 고뇌의 원인과 정체를 통찰하는 지혜의 눈이 흐려지면 두려워할 필요가 없는 그림자를 겁내고, 있지도 않은 허상(虛像)을 적으로 알고 스스로 피로와 절망의 심연에 가라앉는 것이 '수라'라는 이름의 인간 상태입니다. 눈을 뜨고 올바로 응시하면 신기루를 신기루로 확인할 수 있을 것입니다. 이와 같이 정견(正見)할 때 두려움도 불안도 가라앉게 되는 것입니다.

나의 계모는 내가 어렸을 때는 나를 사랑해 주었습니다. 그런데 내가 성장함에 따라 나의 젊음의 교만과 계모의 늙음의 푸념이 얽혀서 나도 계모도 함께 서로 의심하고 미워하는 사이로 급변했던 것입니다. 계모를 이렇게 변신시킨 것은 나의 마음 속에 감추어져 있는 나의 수라 탓이었습니다. 그런데 마침 고후쿠지의 아수라상을 보고 내 자신의 수라를 깨닫게 되었습니다. 계모가 세상을 떠난 후 16년이 지나 비로소 생모보다 더한 은애(恩愛)를 절실히 느끼게 되었던 것입니다. "남이 저지른 잘못을 보지 말며 남의 그릇된 행실을 탓하지 말라. 항상 자신을 반성하고 자기가 저지른 잘못이나 그릇된 행실을 눈여겨 보라"는 법구는 바로 나 자신을 위한 가르침이었습니다.

연(緣)이 바르게 보여야 정견(正見)이 값지다

자기를 선이라고 생각하여 남의 허물을 아무리 공박해도 남을 개선하게 하기는커녕 자기도 구제되지 못하고 서로 미워하면서 괴로움을 더할 뿐입니다. 남의 허물을 보는 눈으로 자기의 허물을 보는 것이 정견에의 지름길이 됩니다. 정(正)이란 인연을 아는 것이라고 앞에서 말했습니다. 무한한 과거에 타인과 관련된 결과가 현재의 자기에게 나타나 있다는 사실을 간파해야 합니다. 그러기 위해서는 우선 아집의 정리가 필요합니다. 아집을 정리하려면 무엇보다도 '인간은 모두 죽어야 하는 존재'라는 엄숙하고도 공평한 사실을 분명히 알아야 합니다. 즉 죽음 속에서 순순히 자타를 응시하고 자타 속에서 한결같이 죽음을 보라는 것입니다.

나는 중병이 들어 병상에 누워 계모가 전화(戰禍)로 세상을 떠났다는 소식을 들었을 때 '수라의 계모와 수라의 아들'의 생애를 생각하고 눈물을 흘렸습니다. 그것은 우리들 1대의 현상만으로는 해결할 수 없습니다. 오랜 과거의 세계에서 애(愛)·증(憎)·은(恩)·원(怨) 중의 어느 것이 혹은 그 모두가 접속된 결과가 지금의 '나'라는 인화지(印畵紙)에 현상된 것입니다. 이것을 나는 지식으로는 알고 있었습니다. 그러나 마음속 깊은 곳에서 풀린 것은 계모의 죽음과 나의 빈사(瀕死)가 연(緣)이 되어서였습니다.

정견이란 자기만을 올바로 보는 것이 아닙니다. 올바로 보게 하는 연이 올바로 보여야 정견이 값어치가 있을 것입니다. 그 후 내가 기적적으로 중병이 치유되어 지금 이 원고를 쓸 수 있는 것은 죽음을 연으로 하여 자기 자신의 수라를 알아차렸기 때문입니다. 내가 쓰는 것이 아니라 나의 계모가 우리 부부를 가르치고 지켜 주는 증거인 것입니다.

세상을 떠난 계모를 무서운 수라라고 슬퍼한 우리 부부는 지금은 수호신인 수라로 생각하고 있습니다. 이 원고도 다 쓰면 계모 앞에 바치려 합니다. 우리 부부가 계모를 수라라 부르고 손을 합장할 때 고인이 된 계모는 미소를 지을 것입니다. 올바른 업과 인연의 업을 몸으로 우리에게 보여주었기 때문에 계모도 또한 평안을 얻었을 것입니다.

죽은 사람을 평안하게 하기 위해서도 살아 있는 사람은 올바로 눈을 뜨도록 노력해야 합니다. 그것이 진실로 죽은 자를 사랑하는 일입니다. 우리 부부는 야생 포도에서 씨가 없는 포도로 품질 개선을 하기 위해 겨우 한 알의 씨앗을 소화하고 승화시킬 수 있었다고 기뻐합니다. 그리고 나는 때때로

다카미 준(高見順)의 다음과 같은 시를 읊조립니다.

포도에 씨가 있는 것처럼
내 가슴에 슬픔이 있다
청포도가 술이 되는 것처럼
나의 슬픔이여 기쁨이 되어다오

사물을 올바로 본다 —— 〔正見〕· 3

깊은 연못의 물이
맑고 고요한 것처럼
지혜로운 사람은 진리를 듣고
마음이 평안해진다 (82)
譬如深淵 澄靜淸明
慧人聞道 心淨歡然

현자란 보살(菩薩),가르침과 깨달음을 얻으려는 사람

이 82번의 법구는 깊은 연못의 물이 청증함과 동시에 바닥이 깊으므로 파도도 일지 않는 평온함을 노래하고 있습니다. 인간도 마찬가지여서 아무리 머리가 좋고 또 성실해도 가르침을 받으려고 하지 않는 사람의 마음은 언제나 불안에 흔들리게 됩니다. 그러므로 "현명한 사람은 진리를 듣고 마음이 평안하다"는 말을 깊은 연못의 물로 비유하여 노래하는 것입니다. 여기서 현명한 사람이란 머리가 좋은 사람을 말하는 것이 아니라 보살을 가리키는 것입니다. 보살이란 가르침과 깨달음을 얻으려고 하는 사람을 말합니다. 보살은 가르침과 깨달음을 얻어도 자기뿐만 아니라 다른 사람에게도 그 평안을 나눠 주기를 원하여 이를 실행하는 사람입니다.

자기뿐만 아니라 만나는 사람마다 행복하게 해주려고 원하기 때문에 이를 행하는 사람의 마음은 언제나 깊고 평안합니다. "내 마음 바닥이 깊어 기쁨도 걱정의 물결도 미치지 않으리라"는 니시다 기타로(西田幾多郎) 박사의 노래는 이 82번의 법구와 통합니다.

진리에 대한 가르침을 '듣는' 것은 '보는' 것과 동의어가 됩니다. 또한 향내를 맡는다를 향내를 듣는다고도 합니다. 그렇다면 듣다·보다·맡다가 일련의 동의어가 됩니다만, 그 기반은 제각각의 감각이 아니라 모든 감각을 전신으로 받아들여 신(信)으로 하는 점에 있습니다. 옛사람은 "귀로 보고 눈으로 들으라"고 가르쳤습니다. 진리나 도(道)는 본다고 말해도 좋고 듣는다고 말해도 무방합니다. 따라서 정견도 그렇게 받아들여야 합니다.

중국 당대(唐代)의 선승(禪僧) 임제 의현(臨濟義玄:867년 사망)[49]은 '진정(眞正)의 견해'라고 하였습니다.

그의 《임제록(臨濟錄)》에 보면 "지금 불법을 배우려고 하면 진정의 견해를 구하는 것이 중요하다. 진정의 견해를 얻

---

49) ?~867. 중국 당대의 스님. 속성은 형(邢). 임제종(臨濟宗)의 개조(開祖).

을 수 있으면 미망(迷妄)에 빠지는 일이 없으며 미망에서 자유를 얻을 수 있다. 특히 마음의 평안을 구하지 않아도 자연히 평안 쪽에서 그 사람을 찾아오게 된다"라고 말했습니다.

'진정의 견해'의 어간(語幹)은 '정견'입니다. 임제에 의하면 '진정의 견해'란 첫째로 '외부의 사물에 의지하는 어리석음을 깨닫는 것'입니다. 우리는 자기 밖에 있는 사물로 욕망을 만족시키려 합니다. 그러나 외적인 사물은 어디까지나 외적인 사물이며 인간의 내적인 빈곤을 충족시켜 주지 않으므로 임제는 그의 《임제록》에서 "외계의 사물을 구하지 않고 외계에 의지하지 않는 것이 진정(眞正)의 견해이다"라고 말했습니다.

그는 또한 "그대들이여, 언제 어디에 있어도 그대들 속에 잠들어 있는 또 한 사람의 자기에게 눈을 뜨라. 어영부영 나날을 보내어 몸의 안락을 추구해서는 안 된다. 광음(光陰)을 아껴야 한다. 마음도 또한 무상이다"하고 훈계했습니다. 그는 '정견'의 정(正)을 진정(眞正)이라고 순화하고 견(見)을 견해라고 해석합니다. '견해'는 일반적인 견해와 거의 같지만 선(禪)을 행하는 사람은 특히 선지(禪旨:선의 가르침)에 대한 사고(思考)를 견해라고 부릅니다. '해(解)'는 이해와는 다릅니다. 안다는 것은 조리있게 생각한다. 즉 분석적인 이해를 가리킵니다. 때문에 이해는 합리적이며 모두가 상대적인 앎입니다. 그러나 '해'는 용해하는 것이며 그것에 동일화되는 것입니다.

현대인은 합리주의나 합리적인 해석에 너무 달라붙어 있습니다. 이것이 현대의 불안을 초래한 결과입니다. 그러므로 우리는 이러한 현대의 병폐를 똑바로 보는 정견(正見), 즉 진정(眞正)의 견해를 심화시키는 것이 긴요합니다. 이 법구가 "현명한 사람은 언제나 진리를 듣고 마음이 평안해진다"라고 맺은 의미를 깊이 느끼게 됩니다.

언제나 사유한다 —— 〔正思〕

자기 마음을 스승으로 하라
자기 마음을 두고 달리 스승을 구하지 말라
자기 마음을 스승으로 하는 자는
참된 지혜의 가르침을 얻을 수 있느니라 (160)
自己心爲師 不隨他爲師
自己爲師者 獲眞智人法

자아는 본래 실체가 없는 공(空)의 존재

앞에서 학습한 '정견'의 내용을 언제나 사유하는 것을 '정사(正思)'라고 합니다. 단순한 사유가 아니라 인연의 법을 사유하는 것, 이것이 '정사'의 올바른 기본 해석이라 하겠습니다. 흔히 인연의 도리에 따라 구도자는 언제나 유연한 마음이나 자비심으로 사유합니다. 이 사유를 일상 생활에 전개해서 올바른 의지나 결의를 '정사'라고 합니다.

데카르트는 "학문을 하려면 조금이라도 애매한 것은 철저히 의심해 보아야 한다"고 주장했습니다. 그러나 아무리 의심해도 지금 자기가 의심하고 있다는 사실만은 의심할 수 없습니다. 의심하는 것은 생각하는 것이므로 "나는 생각한다. 그러므로 나는 존재한다"라는 명제를 낳게 된 것입니다.

그는 의심하는 자기 속에 의심할 수 없는 또 한 사람의 자기를 발견했던 것입니다. 그는 이것을 자아(ego)라 일컫고 이 자아야말로 가장 확실한 지식의 근원이라고 말했습니다.

그 후 많은 사상이 대두되었지만 이 자아관(自我觀)은 현대인에게 발상법(發想法)의 기반이 되어 있는 것 같습니다. 기계 문명이 오늘날과 같이 발전한 이유 가운데 하나로 자아의 욕망 추구를 드는 데에는 일리가 있습니다. 그런데 자아의 욕망에는 한도가 없으므로 기계 문명도 비례적으로 진보한 결과 인류가 기계 문명에 시달리는 현상이 생기게 되었습니다.

또한 서로 자아를 고집하고 자아를 주장하기 때문에 자아와 자아가 충돌하는 현상을 낳게 됩니다. 개인적인 자아뿐만 아니라 조직 자아나 단체 자아 사이에서도 마찰이 생기지 않을 수 없게 됩니다. 때문에 인간끼리 상호 신뢰는 사라지게 되어 남을 믿지 못하게 되고 자기 자신도 믿을 수 없게 된 고독을 다자이 오사무(太宰治)는 '인간 실격 상황(人間失格狀況)'이라고 외쳤습니다.

근대의 주택 양식이 아파트나 맨션화함에 따라 생활 비품도 규격화되는 것처럼 발상법 역시 규격화되는 것 같습니다. 그래서 인간은 어느새 개인화되어 인간 관계를 번거로운 것으로 여겨 버릇없고 예의를 모르는 인간들이 되었습니다. 될 수 있는 대로 주위 사람들과 무관심하게 살아가려 하는 것입니다.

나는 이런 말을 들은 적이 있습니다. 일본인과 식사를 하게 된 한 독일인이 맞은편 자리에 앉은 일본인에게 소스를 집어 달라고 하자 일본인은 곧 집어 주었습니다. '자기가 소스를 치고 나면 곧 이웃 사람에게 돌리는 배려가 예의라는 것'을 이 일본인은 모르는 것 같다고 독일인은 못마땅하게 여겼습니다. 이처럼 자기 중심의 자아를 가지고 살아가는 한, 지옥·아귀·축생·수라의 양상에서 언제까지나 벗어날 수 없다면 나중에는 인간성 상실이라는 결과를 초래하게 되겠지요.

이에 대해 석존께서는 "우리가 매달리는 '자아'는 본래 실체가 없는 공의 존재이다. 다만 그렇게 보일 뿐인 물질적인 현상에 지나지 않는다"라고 설법하셨던 것입니다. 그리고 "허상(虛像)의 자아(ego)를 밖에서 구하기보다는 진실한 자기(self)를 자기 안에서 구하라"고 하셨습니다. 그것은 석존 자신도 구도(求道) 과정인, "나는 인간으로 태어나 인간으로 성장하여 인간으로서 부처를 얻었다"는 사상인 것입니다.

정사(正思)란 사유, 또 하나의 자기를 생각하는 것

우리가 실제의 자기라고 생각하는 자아는 사실은 많은 요소가 모여서 구성된 인연적인 존재인 자아심(自我心)입니다. 이 마음은 항상 변하는 무상한 것입니다. 동시에 무상한 자아의 마음을 무상의 자아심이라고 자각하는 것도 본인의 마음입니다. 석존께서는 이 자각하는 마음을 무상의 자아 속에 숨은 '스스로의 빛'이라고 하셨던 것입니다. 이 빛을 자각하고 물질적 현상인 자아에 반영하여 자아에 얽힌 괴로움을 해소하고 타인의 괴로움도 해소하려는 것이 석존의 염원이셨던 것입니다.

스즈키 다이세츠(鈴木大拙) 박사는 자아를 감성적인 자기라 하였고 스스로의 빛을 본래적인 자기라고 했습니다. 데카르트는 의심하는 자기 속에 의심할 수 없는 또 한 사람의 자기를 발견하고 그것을 '자아'라고 불렀습니다. 석존께서는 이 '자아' 깊숙히 본래적인 '자기'의 존재를 깨달았던 것입니다. 다이세츠 박사는 그것을 "자기 안에 또 한 사람의 자기가 있다"고 표현했습니다. 나는 이것을 알기 쉽게 "당신이라고 생각하는 당신 속에 또 한 사람의 당신이 있다. 내 안에 또 한 사람의 내가 있다"라고 말합니다.

이 '스스로의 빛'――또 한 사람의 자기와 만나는 것이 '정견'입니다. 자기 속의 또 한 사람의 자기의 존재를 끊임없이 생각하는 것이 '사유'라고 바꿔 말해도 좋습니다. 스스로의 빛, 다시 말해서 또 한 사람의 자기를 만나야 비로소 자기 마음이 안정되고 인간성을 되찾을 수 있기 때문에 "인간이 인간이 된다, 자기가 자기가 된다"고 말하는 것입니다. 즉 '성불(成佛)'이 바로 그것입니다. 자아속에 묻혀 있는 '스스로의 빛'을 깨닫는 사람은 누구나 부처님(깨달은 자)입니다. 따라서 죽은 자를 세상에서 '성불'이라고 하는 것은 인간은 죽으면 인간 본래의 스스로의 빛으로 돌아간다고 하여 죽은 자를 존경하기 때문입니다.

이 '스스로의 빛'을 깨닫는 것이 바로 마음을 안정시키고 구제받는 것이 되므로 석존께서는 이것을 항상 말씀하셨던 것입니다. 특히 석존께서는 임종하실 때 "스스로를 빛으로 하고 자기를 의지하라, 가르침을 빛으로 하고 법을 의지하라, 다른 것에 의지해서는 안 된다"는 한 마디를 남기셨습니다.

이 160번의 법구도 그 계보(系譜)로서 "자기 마음을 스승으로 하라. 자기 마음을 두고 달리 스승을 구하지 말라"는 것은 자기를 자기가 되게 하는 큰 빛 —— 그것은 커다란 발원이나 생명이라고 말해도 좋습니다 —— 의 목소리를 듣는 것을 말합니다. 즉 자기를 구제하려면 자기가 깨치는 수밖에 없다는 깊은 신음입니다. 자아의 교만으로는 결코 생기지 않으며 자아의 파국을 통감하고 자기를 응시하는 사유를 필요로 하는 것입니다.

자아의 조정(調整)이란 신(身)·구(口)·의(意) 삼업(三業)의 조정

"달리 스승을 구하지 말라"는 것은 자기를 과대 평가하라는 말이 아닙니다. 이 대목의 처음에 함께 기록한 159번의 "남을 가르치는 것처럼 자기도 행하면" 하고 가르치는 것이 그대로 배움이고 실천이어야 한다는 '마음의 제자'로서의 자세를 말합니다. "자기 마음을 스승으로 하라"는 말도 깊은 신중함에서 비롯된 발언입니다. 무상과 인연을 사유하고 자아를 조정하며 욕망을 승화시키는 어려움을 통감하게 되면 "진정한 지혜의 가르침[法]을 얻을 수 있다"는 것이며 가르침에 따르고 싶어하는 '연(緣)'에 연결될 수 있습니다.

생각건대 석존의 가르침이 어려운 것이 아니라 가르침에 접하는 '연'과의 만남이 어려운 것입니다. 그 원인을 한 마디로 말하면 '자아의 과신(過信)'입니다. 특히 현대인의 자아에의 자만은 이상(異常)일 정도입니다. 아집의 관념을 쳐부수지 않는 한 현대인은 구제받을 길이 없습니다.

우리는 남에게 배반을 당했을 때 하늘을 우러러보며 '자기 이외에는 믿을 사람이 없다'고 한탄합니다. 그런가 하면 한편으로는 '자기 자신에게 정나미가 떨어졌다'고 자포자기도 합니다. 어느 쪽이 진실일까요? 나는 양쪽이 다 진실이라고 생각합니다. 우리는 자신이 신뢰하는 면과 그렇지 않은 면의 양면을 공유하고 있으므로 다른 답이 나오는 것입니다. 이 두 가지 대답을 통해 우리는 대단히 불확실한 존재임을 알 수 있습니다.

'자기 이외에는 신뢰할 사람이 없다'는 것은 자아(ego)의 자만입니다. '자기 자신에게 정나미가 떨어졌다'는 것은 자아의 붕괴입니다. 정나미가 떨어졌다고 생각하는 것은 이미 자아 그 자체는 아닙니다. 이렇게 생각하는 것은 자아의 밑바닥에 있는 자기(self)로, 이른바 '자기속의 또 하나의 자기'입니다. 바꿔 말하면 '자아의 밑바닥에 숨어 있는 자기'입니다. 자아의 무기력을 깨닫게 하는 커다란 자기가 우리들의 마음 밑바닥에 잠재한다는 사실에 눈을 떠야 합니다. 이 자기가 우리에게 구원이 되고 평안을 주기 때문입니다.

이 자기(또 한 사람의 자기)를 깨닫고 만남으로써 자아를 파괴하는 동시에 정나미가 떨어진 자기 자시도 다시 보게 되는 것입니다. 즉 지금까지 자기라고 생각해 온 것은 사실은 자아에 불과했던 것입니다. 자아는 변이(變移)하기 쉬운 무상의 존재로 기대할 것이 못 됩니다. 기대할 것이 못 되는데 기대하려고 하기 때문에 기대려는 것이고 기대할 수 없는 자기로부터 한 발짝도 진보하지 못하고 자기 자신을 혐오하는 것입니다.

자아(ego)와 자기(self)와의 만남은 타자와의 만남 이상으로 소중히 해야 합니다. 자아가 자기와 만나려면 이 자아를 조정해야 한다는 것을 이 두 법구가 가리키고 있습니다. 자아의 조정이란 신·구·의 삼업의 조정입니다. 나는 그것을 몸가짐[身]·말씨[口]·마음가짐[意]이라고 말합니다. 이 삼업을 잘 조정해야 비로소 최종적으로 '의지할 수 있는 자기'가 구축됩니다. 자아에게 매달려 '믿을 수 있는 것은 자기뿐이다'라는 선언과 비슷하지만 그 내용은 전혀 다릅니다. 교만한 자아에서가 아니라 자아의 밑바닥에 숨어 있는 신중한 자기를 깨달은 마음의 발언이기 때문입니다.

이 자기를 160번의 법구는 '자기 마음'이라 말하고 있습니다. 현대인의 마음의 평안과 구원은 자아에의 집착을 풀고 자기 속의 또 하나의 자기를 하루빨리 만나는 데 있음을 말해 주는 것입니다.

진정한 말이란 —— 〔正語〕·1

비록 천 마디의 말이라도
의(義)롭지 않으면 무익한 것이니
의로운 한 마디야말로
마음의 평안을 얻을 수 있는 생명의 말이니라 (100)
雖誦千言 句義不正
不如一要 聞可滅意

말은 침묵에서 비롯된다

생물 중에서 가장 많은 말을 가지고 있는 것이 인간입니다.
그런만큼 많은 말을 할 수 있지만 한편 함부로 사용되는 것도
인간의 말입니다. 그것을 100번의 법구가 훈계하고 있습니다.

'쓸데없는 천 마디 말보다 마음의 평온을 얻는 한 마디야
말로 생명의 말이다' —— 라고.

석존의 제자들이 한번은 잡담에 꽃을 피운 일이 경전에 씌
어 있습니다. 석존의 교단에서는 언제나 엄격한 수행만 하고
있는 것으로 생각하고 경전에는 어려운 말만 씌어 있는 것으
로 생각하기 쉽지만 이런 이야기도 실려 있다는 데에 즐거움
을 느끼게 됩니다.

언젠가 제자들이 자기네의 출가 전 생업이나 그들의 기술
등에 대해 서로 이야기를 나눈 적이 있습니다. 그런 가운데
점점 목소리가 높아졌는데 바로 이때 석존께서 불쑥 들어와

"무슨 얘기를 하고 있나?"하고 물었습니다. 제자 한 사람이 화제의 내용을 멈칫거리며 말했습니다. 그러자 석존께서는 "너희들이 모여 있을 때 오직 두 가지 할 일이 있으니 가르침[法]에 대해 이야기할 것과 성스러운 침묵을 지키는 일이니라"하고 말씀하셨습니다.

이 100번의 법구와 석존의 말씀에는 뭔가 서로 통하는 것이 있으니 그것은 곧 '마음의 평온을 얻을 수 있는 생명의 말'이 입 밖으로 좀처럼 나오지 않을 때는 침묵을 지키라는 것입니다. 그러나 단순한 침묵이 아니라 '성스러운 침묵'이라고 하는 것에 유의해야 합니다.

침묵이란 '말을 하지 않는 것'이 아닙니다. 위대한 발언이 침묵입니다. 장자(莊子)[50]는 '지도(至道)의 극(極)은 혼혼묵묵(昏昏默默)'이라고 했습니다. '진정한 도(道)의 최상은 깊은 어둠의 침묵'이라는 뜻입니다. 그러나 장자가 말하는 '혼혼묵묵'은 결코 암흑의 침묵을 가리키는 것이 아니라 '유현(幽玄)한 침묵'을 가리키는 것이라고 생각합니다. 즉 발언에 대한 침묵의 의미가 아니라 오히려 발언의 기반이 되는 큰 침묵을 가리키는 것으로 생각됩니다.

스위스의 철학자 맥스 퍼커트는 《침묵의 세계》에서 "만일 말에 침묵의 배경이 없으면 말은 그 깊이를 잃을 것이다"라고 말했습니다. 그는 또한 "인간의 말은 침묵에서 나와 침묵으로 돌아간다." 그런데 오늘날에 와서 말은 다만 소음에서

---

50) 중국 전국시대(戰國時代)의 사상가 · 도학자(道學者). 이름은 주(周). 송(宋)나라 사람. 만물일원론(萬物一元論)을 주장. 저서로는 《장자》가 있음.

나와 소음 속으로 사라질 뿐이다"라고 말하고 있습니다. 올바른 말은 역시 침묵에서 나옵니다.

《유마경(維摩經)》[51]은 유마라는 한 사회인을 주역(主役)으로 하여 심원한 석존의 가르침을 문학적으로 해설한 유명한 경전입니다. 병상의 유마를 석존의 제자들이 문병 가서 문답 형식으로 설법을 했습니다. 끝으로 문수 보살(文殊菩薩)[52]이 "절대의 가르침〔法〕을 깨달으려면 어떻게 해야 하는가?"하고 물었습니다. 이에 대해 《유마경》에는 다만 "그때 유마는 침묵하고 아무 말도 하지 않았다"라고 기록되어 있습니다. 이 침묵은 고래로 '유마의 침묵'이라 해서 유언(有言)과 무언(無言), 발언과 침묵을 지양한 절대의 가르침〔法〕의 실체를 나타내는 것으로 알려져 있습니다. 그리고 "유마의 침묵은 우뢰와 같다"고도 평하고 있습니다. 이를테면 유마의 침묵은 《법구경》에서 말하는 '생명의 한 마디'이며 이소리를 들으면 심신이 모두 평안을 얻을 수 있습니다.

---

51) 《유마힐소설경(維摩詰所說經)》의 약칭. 또한 《불가사의해탈경》이라고도 함. 모두 3권. 구마라습이 번역하였음. 유마 거사(維摩居士)와 문수 보살의 대승(大乘)의 심의(深義)에 대한 문답을 기록한 불경. 모두 14품(品)으로 구성되어 있다.

52) 문수 사리(文殊師利)·만수시리(滿殊尸利) 등 6역(譯)이 있음. 문수는 묘(妙)의 뜻이며, 사리는 두(頭)·덕(德)·길상(吉祥)의 뜻. 보현 보살과 함께 석가모니불의 왼쪽에 있어 지혜를 맡음. 오른손에는 지혜의 칼을 들고 왼손에는 꽃 위에 지혜의 그림이 있는 청련화를 쥐고 있음. 사자를 타고 있는 것은 위엄과 용맹을 나타낸 것.

말이 되기 전의 말을 듣는다

퍼커트의 말처럼 현대에는 너무나 잡음이 많습니다. 텔레비전이나 라디오의 커머셜 소리는 우리의 머리 위를 스쳐 지나갈 뿐입니다. 그러한 커머셜은 광고주에게는 중요한 것이겠지만 그것은 '무익한 천 마디의 말'이라는, 정어(正語)도 실어(實語)도 아니며 동시에 '생명의 한 마디의 말'은 혀 끝으로는 할 수 없다는 것을 알아야 합니다. 침묵할 뿐만 아니라 말없이 듣는 데에 말 이상의 대화를 나누는 경우가 있습니다.

나의 친지인 후지츠카 기세이(藤塚義誠) 군은 남의 고민거리를 들을 때 그 사람과 마주 앉지 않고 옆으로 앉아 상반신을 그쪽으로 향하고 말없이 듣는다고 합니다. 이때 후지츠카 군은 아무 말도 하지 않아도 상대방과 뜻이 통한다고 합니다. 그가 이렇게 앉게 된 것은 가마쿠라(鎌倉)의 도케이지(東慶寺)에서 수월 관음(水月觀音)[53]을 경배했을 때라고 합니다. 도케이지는 호조 도키무네(北條時宗)의 아내 가쿠산니(覺山尼)가 세운(1286년) 절입니다. 당시 이연(離緣)을 원한 아내가 이 절에 가면 이연이 허용되었으므로 에도(江戶)[54] 중기 이후에는 엔기리데라(緣切寺)로 알려져 있습니다.

이 절에 봉안된 수월 관음이 상반신을 기울여 남의 고뇌를 듣는 자세에서 후지츠카 군은 침묵의 응답으로 상대편의 마

---

53) 33관음 중의 하나. 달이 비친 바다 위의 연꽃에 선 모양을 한 관음.
54) 도쿠가와 막부때의 수도로 지금의 도쿄.

음을 간파했을 것입니다. 의사 전달 방법을 수월 관음으로부터 배웠다는 것은 흐뭇한 수월 관음과의 만남이 아니겠습니까? '마음의 평안을 얻는 한 마디'는 이처럼 깊은 마음의 교감이 중요합니다.

말은 인간의 마음과 마음의 가교입니다. 그러나 이 다리는 후지츠카 군처럼 일단 위대한 마음과의 무언의 대화가 이루어져야만 비로소 가능합니다. 우리는 목숨을 건 일에 임해서나, 공부를 계속하다 보면 언젠가는 어디서 위대한 무언의 호소를 듣게 됩니다. 그리하여 자기 자신의 존재를 긍정하게 됩니다. 장자가 말하는 '지도(至道)의 극(極), 혼혼묵묵(昏昏默默)'이나 팔정도의 '정어(正語)'는 이 깊은 침묵의 목소리라고 생각합니다. 우리가 바른 언어를 쓰려고 한다면 먼저 침묵의 발언 —— 말이 되기 전의 말을 들을 줄 아는 마음가짐을 바르게 하는 것이 중요합니다.

하쿠인(白隱) 선사는 수행자에게 먼저 "척수(隻手)[55]의 소리를 들으라"고 말했습니다. 그것은 좌우의 양손으로 상징되는 상대적인 인식 이전의 인식일 것입니다. 그와 같은 인식을 해야만 비로소 마음의 평안을 얻을 수 있습니다. 하쿠인 선사에 의하면 척수의 소리야말로 '생명의 한 마디'입니다.

---

55) 한쪽 손을 가리킴.

진정한 말이란 ── 〔正語〕· 2

하나의 가르침〔法〕도 지키지 않고
거짓말을 하는 사람은
내세를 생각지 않음이니
온갖 죄악을 저지르게 되느니 (176)
一法脫過 謂妄語人
不免後世 靡惡不更

거친 말을 하지 말라
그 말은 반드시 너에게로 돌아오리니
해악과 재화가 내왕(來往)하여
보복의 곤장이 너의 머리에 내리리라 (133)
不當粗言 言當畏報
惡往禍來 刀杖歸軀

'하나의 가르침〔法〕도 못 지킴'은 험담도 조심하지 못한다

우리는 자기의 3업으로 자주적으로 자기의 인생은 물론이
고 자기의 자손에게도 선악(善惡)의 영향을 주게 된다는 것
을 배웠습니다. 3업 중에 신업(身業)과 마음의 업〔意業〕의
바람직한 면〔善業〕과 바람직하지 못한 면〔惡業〕은 각각 3선
업과 3악업으로 전개됩니다. 즉 신업과 의업의 선업 쪽은 합
쳐서 6선업이 되고 신업과 의업의 악업 쪽은 합쳐서 6악업

이 됩니다. 그런데 같은 3업의 '구업(口業)' 만이 선악업 모두 하나가 많아 4선업, 4악업으로 전개됩니다. 따라서 신·구·의의 3업을 세분한 결과 10선업(十善業)과 10악업(十惡業)이 됩니다. 구업(口業)만이 선·악 양업이 신업이나 의업보다 하나 많은 것이 주목할 요점입니다.

　여기서 문제인 '구업(口業)' 에 대해 학습하려고 합니다. 구업의 악업인 첫째가 '악구(惡口, 욕)' 입니다. 일본 사람은 세계적으로 욕을 잘하는 국민으로 알려져 있는 것 같습니다. 제2차 세계대전에서 일본이 패했을 때 일본을 점령 통치했던 맥아더 원수는 "일본인의 정신 연령은 12세이다. 일본인은 남에게 욕을 잘한다. 그들이 가장 존경하는 것으로 알려져 있는 천황에 대해서도 뒤에서 몰래 욕을 한다"고 단정했습니다. 유감스럽게도 이것은 사실이며 나도 그 사람들 중의 하나인 것을 부끄럽게 생각하고 있습니다. "욕을 해서는 안된다"는 상식 하나도 지키지 못하는, 아니 지키려고 하지 않는 것을 176번의 법구는 "하나의 가르침도 지키지 않는다"고 슬퍼하는 것입니다.

　구업(口業)의 악업인 두 번째가 '양설(兩舌)' 입니다. 먼저 '일구이언(一口二言)' 을 들 수 있습니다. 앞뒤의 발언이 서로 다르거나 모순되는 것을 일구이언이라고 합니다. 그리고 양쪽 사람에게 적당히 각각 다른 말을 하거나 비위를 맞추는 비열한 말도 양설(兩舌)입니다. 악질의 양설은 양자를 이간시킵니다. 세 번째로 '기어(綺語)' 를 들 수 있습니다. '기' 는 꾸미는 것을 가리키며, 타인의 환심을 사는 말이나 추키는 말이 기어에 속합니다. 네 번째가 '망어(妄語)' 입니다.

거짓말이나 없는 말을 지어 내는 것만이 망어가 아닙니다. 하지 않아도 좋은 말을 하는 것도 망어입니다. 이른바 '한 마디가 많다' 는 이 한 마디가 망어입니다. 이상의 악구 · 양설 · 기어 · 망어의 네 가지가 구업(口業)의 악업입니다. 구업의 선업은 이들 악업에 대해 '칭찬하는, 존경에 넘치는, 겉치레를 하지 않는, 말수가 적은' 말을 들 수 있습니다. 요컨대 "사실과 다른 말을 입 밖에 내서는 안 된다"는 것입니다.

그러나 사실이라도 남에게 불쾌감을 주는 말을 구태여 하는 것은 망어가 됩니다. 상대방의 일신상에 관한 문제, 용모나 자태에 대해 말하는 것이 바로 그것입니다. 그리고 설사 상대방이 기뻐하는 일이라도 사실이 아닌 것을 말해서는 안 된다는 것입니다. 그렇다고 '사실이니까 말한다' 는 태도 역시 별로 좋지 않습니다. 사실일수록 섣불리 입 밖에 낼 수 없는 경우가 인생에는 허다하기 때문입니다. 그래서 말에 대한 가르침(法)이 필요하게 되고 진실한 마음을 양성할 필요가 있습니다.

옛사람은 "마음이 깨끗하면 목소리가 향기롭다"고 했습니다. 직심(直心)에서 나온 말이라면 때로는 너무 심하여 듣기가 괴로워도 그 말을 들으면 마음이 평안해집니다. 도겐(道元) 선사는 "사랑의 말(愛語)은 사랑의 마음(愛心)에서 일어나고, 사랑의 마음은 자비로운 마음(慈心)에서 일어난다. 사랑의 말에는 회천(回天)의 힘이 있다는 것을 배워야 한다" 라고 말했습니다. 회천의 힘이란 그 사람의 일생을 바꾸고 힘을 북돋워 주는 평온한 말입니다. "척수의 소리를 들으라" 고 말한 하쿠인(白隱)이 "신중함을 자기 마음의 바탕으로 하면 말의 꽃은 아름답게 피어난다"고 노래한 까닭입니다.

'정어(正語)' 는 인연의 도리

'정어' 는 또한 '정견(正見)' 의 내용을 의미하는 말이기도 합니다. 올바른 눈으로 보면 꽃도 새도 산도 강도 초목도 모두 인연의 도리를 고(告)하는 모습으로 비치는 것이 '정견' 입니다. 그렇다면 이 자연의 현상이 모두 우리에게 특별한 목소리로 말해 주는 '정어' 이기도 합니다. 이 '정어' 를 '정어' 로 듣는 것도 '정견' 입니다. 말하는 것만이 아니라 듣는 것도 보는 것도 또한 말이라는 것을 알게 됩니다. 정어를 보는 마음으로 말하는 것이 정어의 까닭입니다. 여기에서 '정어' 와 '정사(正思)' 와 그리고 '침묵' 과의 관련을 느끼게 됩니다.

'정어' 는 인연의 도리를 고하는 것이므로 후세나 자손을 생각할 때 거짓말이나 일구이언은 할 수 없습니다. 미래를 두려워하지 않기 때문에 욕이나 일구이언의 죄와 잘못을 저지르는 사실을, 앞에서 든 두 법구가 말해주고 있는 것입니다. "내세를 생각지 않는 사람은 온갖 죄를 저지른다"고.

"하늘을 향해 침을 뱉는다"는 속담이 있습니다. 하늘을 향해 침을 뱉으면 그 침은 자기 얼굴로 되돌아옵니다. 말도 마찬가지임을 133번의 법구가 깨우쳐 주고 있습니다. "거친 말을 하지 말라. 그 말은 반드시 너에게로 돌아오나니 해악과 재화도 같이 내왕(來往)하여 보복의 곤장은 너의 머리를

내려칠 것이니라"하고. 앞에서도 인용한 《금강경》에

　"여래(부처님)는 진실을 말하는 자이고 진리를 말하는 자이며 사실대로 말하는 자이고 거짓을 말하지 않는 자이다"라고 '다섯 가지 말'을 들고 있습니다. 즉 얽매이지 않고 번거롭지 않게 사용되는 위의 다섯 가지 말이 '정어'의 골격일 것입니다.

　또한 '신·구·의' 3업 가운데 구업(口業)은 말씨나 말투를 총괄한다는 것을 알 수 있습니다.

바른 행위 —— [正業]·1

　　진실로 가르침을 구하는 자는
　　올바른 가르침[法]을 받게 되느니
　　이는 피안(彼岸)의 세계에 이르러
　　죽음을 초월하게 되느니라 (86)
　　誠貧道者　攬受正敎
　　此近彼岸　脫死爲上

'훌륭한 가르침[法]'이란 석존의 '인연의 가르침'

　훌륭한 가르침[法]에는 여러 가지가 있을 것입니다. 그러나 여기서 말하는 '훌륭한 가르침'은 석존이 말씀하신 '인연의 가르침'입니다. 그러므로 《법구경》 86번의 법구 "진실로 가르침을 구하는 자는 올바른 가르침[法]을 받게 된다"란 '인연의 가르침을 듣고 그 가르침에 따르는 사람'을 말합니다. 이 인연의 가르침을 표준으로 하여 자기의 생활을 규제하는 것이 팔정도입니다. 이제부터 배우는 것은 이 팔정도의 네 번째인 '정업(正業)'입니다.

'정(正)'의 기준은 앞에서도 말한 바와 같이 인연의 가르침에 따르는 것을 정, 인연의 가르침을 어기는 것이 악입니다. 그런데 여기서 말하는 '업(業)'이란 인간의 몸과 입 그리고 마음으로 하는 인간의 모든 행위입니다. 따라서 '정업'이란 인연의 가르침에 따라서 우리가 행하는 모든 행위를 규제하는 것을 말합니다. 바꿔 말하면 '정견(正見)'의 눈으로 자기의 행동을 눈여겨보는 것입니다.

앞에서 구업(口業)에 대해 알아보았으므로 여기서는 우리 신체의 행위, 즉 '신업(身業)'에 대해 배우기로 하겠습니다. 신업의 나쁜 면이 '죽임[殺生]·훔침[竊盜]·부정한 정사[邪淫]'의 3악업으로 전개됩니다. 3악업이 뉴스에 보도되지 않는 날이 하루도 없습니다. 여기서 윤리나 법률이나 종교를 필요로 하기도 하고 또한 요구하기도 할 것입니다. 악을 방지하는 계율이 많은 종교가나 사상가에 의해 설교되고 있습니다. 석존께서도 계율을 설법하셨습니다. 그러나 석존께서 설법하신 계율은 단순한 금기(禁忌)가 아닙니다. 석존께서는 불도를 수행하는 자의 기본적인 필수 과목으로 '계(戒)·정(定)·혜(慧)'[56]로 정하셨습니다. 석존께서는 '계'는 악을

---

56) 삼학(三學)이라고도 하며 불교를 배워 도를 깨달으려는 이가 반드시 닦아야 할 세 가지.

막고 선을 권하는 '계율' 이외에 '가르치고, 갖추는' 의미를 부여하고 있습니다.

첫째의 '계명' 만으로 악을 막을 수 있다면 법률이나 조례(條例)만으로 세상의 평정은 유지될 것입니다. 그러나 그것이 안 되는 데에 인간의 고뇌가 있습니다. 우리는 무의식 중에 악업을 범하게 됩니다. 그리고 살기 위한 이른바 '필요악' 이라는 것도 있습니다. 악인 줄 알면서 어떤 형태로든 악을 범하지 않고서는 살 수 없는 인간의 천성에 대해 고민할수록 살아가는 방법에 대한 가르침을 얻고 싶어집니다. 계율에 도덕적인 '가르침' 의 의미를 부여하는 까닭이 여기에 있습니다. 그러나 법률이 그렇듯이 도덕만으로 사회의 질서가 유지되지 않는 것은 오늘의 사회 현상을 보면 분명해집니다. 우리는 법률 · 조례 · 도덕으로는 제지할 수 없는 훨씬 근본적인 힘에 의해 더욱 깊은 데서 동요되고 있습니다. 그래서 석존께서는 계율을 금기에 그치지 않고 전향(前向)적으로 "모든 인간에게는 '순수한 인간성' 이 갖춰져 있다"는 계율의 제3의 사상을 설법하셨습니다.

즉 인간뿐만 아니라 모든 존재물은 하나같이 그들답게 하는 생명이 그것 속에 충분이 갖춰져 있다는 사실을 말합니다. 인간이라면 인간을 인간답게 하는 생명, 즉 '순수한 인간성' 이 인간의 마음 속에 깊숙이 간직되어 있는 것입니다. 이 '순수한 인간성' 을 '자기 속의 또 한 사람의 자기' 라고도 말하고 '부처의 생명(마음)' 이라고도 말합니다. 다만 우리는 이 '순수한 인간성' 이 자기 안에 간직되어 있다는 사실을 알아차리지 못하고 있기 때문에 인간의 존엄성을 알지 못하는 것입니다. 또한 인간의 존엄성을 모르기 때문에 인간의 가치를 다른 데서 구하거나 죄를 범하고 잘못을 저지르는 것입니다. 그러므로 자기 안에 갖추어져 있는 '순수한 인간성'에 눈뜰 때, 즉 자기가 자기가 되었을 때 '깨닫는다'고도 '구제된다'고도 말합니다.

자기뿐만 아니라 타인 또는 꽃이나 새에 이르기까지 모든 존재물의 깊숙히 그 존재를 존재하게 하는 생명이 있는 것을 보고 깨닫고 이 생명을 살릴 때 모든 존재는 구제되는 것입니다. 신업(身業)의 하나인 '살생'에 대해 생각해 봅시다. 우리가 산다는 것은 동식물의 생명을 희생시켜야 비로소 살아갈 수 있기 때문에 단지 죽이지 말라는 계명만으로는 설득력이 없습니다. 살아가기 위해 많은 생명을 빼앗고 있으므로 스스로 살아가는 것이 아니라 살려 주니까 살고 있는 것입니다. 그러므로 그 필요 이상으로 무익한 살생을 하거나 단순히 취미로 동식물의 생명을 빼앗아서는 안 된다는 것은 설명할 필요가 없을 것입니다. 나는 단지 도락이나 취미만의 낚시나 사냥에는 반대합니다.

미야자키(宮崎)관광주식회사의 사장인 이와키리 쇼조(岩切章造) 씨는 어느 지방의 녹화(綠化) 운동을 지도하러 갔을 때 나뭇가지가 꺾인 채 방치되어 있는 것을 보고 말했습니다.

"이 나무는 수술을 받은 거야. 당신들도 부상을 당하면 약을 바르잖아. 이 나뭇가지를 치료해 주게."

이런 주의를 받은 사람은 몹시 감격했습니다.

이와키리 씨의 이 한 마디 말에서 훈계와 함께 '가르침'을 받습니다. 자애가 인(因)이 되면 인간과 식물과의 경계가 없어지게 됩니다. 즉 인간과 식물을 초월한 평등한 생명의 존귀함을 느끼게 됩니다. 잇사(一茶)의 하이쿠(俳句)에 "때리지 말라. 파리가 손을 비빈다. 발을 비빈다"는 한 수(首)의 의미를 내가 이해하게 된 것은 죽은 손자의 어린 얼굴을 본 순간이었습니다. 나는 그 일이 지금 새삼스럽게 생각납니다. 죽음의 경계를 넘은 '피안'이란 죽음이 없다는 뜻이 아닙니다. 죽음을 엄숙한 사실로 인정했을 때 비로소 살아있다는 것의 존귀함을 깨닫게 되는 것을 말합니다. 앞에서 배운 '사람으로 태어난 것은 고마운 일이다, 생명이 있다는 것은 고마운 일이다'를 전신으로 받아들여야 비로소 '정업'의 팔정도(八正道)를 걸어갈 수 있습니다.

'소비를 미덕'으로 삼는 것은 살생계(殺生戒)를 범하는 것입니다. 그러나 옛날처럼 다만 '아깝다'로 일관해서는 온 집안이 폐품의 산더미가 될 것입니다. 되도록 폐품을 살려 소비를 줄이는 생활의 지혜를 배우는 것도 살생을 하지 않는 계율을 지키는 것이 됩니다. 그러나 최후의 폐품은 아무래도 버려야 합니다. 현대인은 버리는 방법의 지혜도 배울 필요가 있습니다. 그것을 그것답게 하는 생명을 눈여겨서 '고맙다'거나 '오랫동안 수고했다'라는 따뜻한 감사의 말과 함께 휴지통에 넣거나 쓰레기 처리장에 운반하는 신업(身業)을 이 법구에서 배웠으면 합니다.

바른 행위 —— 〔正業〕·2

> 스스로 방종하지 아니하면
> 이로부터 깨달음이 많은 사람은
> 경주하는 말이 다른 말을 앞질러 달리듯이
> 악을 버리고 어질게 되느니라 (29)
> 不自放逸 從是多寤
> 羸馬比良 棄惡爲賢

우리는 뭔가를 훔치며 살고 있다

경솔이란 침착하게 판단하지 않고 곧 행동으로 옮기는 것을 말합니다. '경솔하지 않고 치밀한' 사람이 현자입니다. 현자란 이른바 영리한 사람을 가리키는 것이 아닙니다. 《법구경》에서는 "악을 버리는 것을 현명하다고 한다"고 말하고 있습니다. '치밀'이란 신중하거나 세심한 것을 말합니다. 경솔한 사람은 치밀하지가 못합니다.

이 구절에서는 앞의 구절에 이어 신업(身業)의 두 번째인 '도둑질'에 대하여 알아보도록 하겠습니다. 도둑질이 악인 것은 말할 필요가 없습니다. 그런데 아무것도 훔치지 않고 살아간다는 것은 힘들고 불가능한 일이기도 합니다. "불문(佛門)의 몸이지만, 슬프다 물을 훔치나니"란 단가(短歌)는 가뭄이 계속되면 나쁜 일인 줄 알면서도 부처님의 가르침을 믿는 자가 밤중에 몰래 자기 논에 물을 끌어대는 잘못을 범하였음을 한탄하는 노래입니다.

'살상'과 '도둑질'은 대개의 경우에 동의어로 쓰입니다. 도둑질은 금품에만 한정되는 것은 아닙니다. "사람의 눈을 훔친다"는 말처럼 사람의 호의를 저버리는 것은 호의를 훔치는 동시에 그 사람을 죽이는 것이기도 합니다. 약속이나 시간을 지키지 않는 것은 약속이나 시간을 죽이는 것이며 훔치는 것이 됩니다.

이리하여 우리는 모두가 도둑입니다. 약속이나 시간을 지키지 않는 것은 자기 자신이 경솔하기 때문입니다. 그러므로 치밀한 생활 방법을 배워야 합니다. 그 치밀도 '우리는 무엇인가 훔쳐서 살아가고 있다. 그러므로 세심한 배려로 주위 사람에게 무엇인가 기여하고 싶다'는 소원을 말합니다. 이 소원을 갖는 것이 바로 현자(賢者)입니다.

우리는 설사 남의 눈은 훔칠 수 있어도 자기를 훔칠 수는 없습니다. 그것을 깨닫지 못하는 것을 '경솔'이라고 말합니다. 나는 료캉(良寬:1758~1831)의 "도둑이 훔치다 남겨놓은 창가의 달"이라는 단가를 좋아합니다. 아무리 큰 도둑이라도 창문에서 보이는 하늘의 달로 상징되는 큰 마음은 훔칠수 없습니다. 그리고 그 달은 도둑을 맞는 일도 없습니다.

"도둑질해서는 안 된다"는 말은 도둑질하지 말라는 윤리적인 금기에 그치지 않고 도둑질하고 싶어도 할 수 없는 각자의 마음속에 파묻혀 있는 또 한 사람의 자기 —— 마음을 깨달으라는 가르침입니다. 그리고 이 가르침에 근면하는 사람이 현자입니다. 그러므로 현자란 단지 도둑질의 악덕을 버릴 뿐만 아니라 자기도 도둑놈이라는 자책을 갖고 훔칠 수 없는 큰 마음의 실재에 눈떠 근면에 힘쓰는 사람을 말하고 있음을 알 수 있습니다. 즉 현자란 보살을 가리키는 것입니다.

보살은 범어의 '보디 사트바(Bodhi Sattva)'의 음을 한역 (漢譯)한 것으로 '깨달음을 구하는 사람'이라는 뜻입니다. 특정한 역사적인 인물만이 보살은 아닙니다. 깨달음, 즉 자기도 깨닫고 남도 깨닫게 하여 함께 평안을 얻으려는 소원으로 신·구·의를 수행하면 당신도 나도 보살이 되는 것입니다. 이 염원과 수행에 힘쓰는 사람의 행동을 29번의 법구는 "스스로 방종하지 아니하고 이로부터 깨달음이 많은 사람은, 경주하는 말이 다른 말을 앞질러 달리듯이 악을 버리고 어질게 되느니라"고 노래하고 있습니다.

내 것이지만, 내 것은 아니다

지난해에 세상을 떠난 수행자 가이 와리코(甲斐和里子) 씨의 수작(秀作)에 "이웃집에서도 사랑하는 울타리의 흰 국화, 내 것이지만 꺾을 수 없노라"가 있습니다. 이웃집 사이의 울타리에 흰 국화를 심었는데, 그 집 사람도 국화를 사랑해 줌으로 자기 것이지만 꺾을 수 없다는 따스한 마음으로 읊고 있습니다.

내 것이지만, 내 것은 아닙니다. 내 것이라고 생각할 수 있는 것은 하나도 없다는 깊은 마음으로 긍정하는 것이 진정한 의미의 도둑질하지 않는 것입니다. "도둑질해서는 안 된다"는 계명에 그치지 않고, "도둑질할 수 없다"는 진리를 깨달는 것이 도둑질하지 말라〔不偸盜戒〕는 가르침입니다. '불투도(不偸盜)'란 도둑질하지 말라고도 새길 수 있고 도둑질할수 없다고도 새길 수 있습니다.

내 것이면서 내 것은 아니라는 깊은 깨달음이 이기심을 쫓아냅니다. 현대인은 무엇보다도 아집(我執)의 악을 제거하는 현자가 되기 위해 신업(身業)에 힘써야 합니다.

올바른 생활 —— 〔正命〕

꽃향기는 바람을 거스르지 못하고
부용(芙蓉)도 전단(栴檀)의 향기도 그러하다
가르침〔法〕을 따르는 사람의 향기는
순풍 역풍을 넘어 항상 향기롭다
선한 사람은 어느 곳에서나 그 향기를 맡게 되느니라 (54)
花香不逆風 芙蓉栴檀香
德香逆風薰 德人徧聞香

'사섭법(四攝法)'은 네 가지 파악법(把握法), '섭(攝)'은 '수습한다'는 의미

이 54번의 법구에서 우리는 팔정도의 다섯 번째 '정명'을 학습하려고 합니다. '정명'의 '명(命)'은 생활을 말합니다. '정(正)'은 자주 말했던 것처럼 인연의 법에 맞는 것이며,

인연의 법에 따라 보거나 생각하는 것이 '정견(正見)' 입니다. 그러므로 상세히 말했던 '정견'에 의해 생활하는 것이 '정명'입니다.

'생활'이란 무엇일까요? 생활이란 '생존하여 활동하는 것'을 줄인 말이라고 합니다. 생물로서 살아가는 동시에 가치체(價値體)로서 살아가는 것이라고 전개할 수도 있다고 합니다.

나는 사람이 살아있다 증거는 '호흡'에 있다고 생각합니다. 호흡한다는 것은 '숨을 쉬는 것'입니다. 살아있다는 것은 호흡하는 것입니다. 호흡하는 데서 생물은 생명을 유지하는 활동 에너지를 얻게 됩니다.

호흡의 '호'는 내뱉는 숨이고 '흡'은 들이마시는 숨입니다. 우리가 생명을 유지하는 활동 에너지를 손에 넣는 '호흡'이 '내뱉는' 일에서 시작되는 것은 흥미로운 사실입니다. 좌선(坐禪)을 할 때에도 먼저 몸 안의 공기를 조용히 내뱉는 것으로 시작합니다. 그러면 자연히 숨을 들이마시는 반사작용이 일어납니다.

살기 위해서는 먼저 내뱉어야 합니다. 내뱉는다는 것은 자기 손으로 버리는 것이고 에고에서 떠나는 것이며 남에게 주는 것에서 전개됩니다. 이익을 얻으려면 먼저 자본을 들여야 합니다. 인간의 행복도 마찬가지입니다. 그러므로 54번의 법구가 "가르침〔法〕을 따르는 사람의 향기는 '순·역풍을 넘어서 항상 향기롭다'고 노래한 것입니다.

석존께서는 '정명(正命)'을 위해 '4섭법'을 설법하셨습니다. 사람들을 깨달음으로 인도해 가는, 네 가지 파악법입니다. '섭'은 수습한다는 의미이며 하나의 가르침[法]을 행하면 반드시 다른 세 가지 법이 그 속에 포함되어 있음을 말합니다.

첫째가 '보시법(布施法)'입니다. 보시는 널리 다른 사람에게 선행이나 금품을 베푸는 것입니다. 도겐 선사는 보시에 대하여 "탐내지 않는 것이다. 탐내지 않는다는 것은 아부하지 않는 것이다"라고 말했습니다. 보시를 해도 상대방으로부터 답례를 바라서는 보시가 되지 않습니다. 이 '탐내지 않는다'를 '아부하지 않는다'와 같은 뜻으로 해석하는 데서 도겐의 기골(氣骨)을 느낍니다. 세상의 칭찬이나 포상(褒賞)을 바란다면 보시가 아니라는 것입니다. 이 보시섭(布施攝)에는 진리를 가르치거나[法施], 금품을 베풀거나[財施], 평안한 마음을 주는[無畏施] 것이 있습니다. 다음에 '애어법(愛語法)'에 대해서 이미 말했으므로 생략하기로 하겠습니다.

셋째가 '이행(利行)'입니다. 이행은 남을 이롭게 하는 것을 말합니다. 앞의 보시도 애어(愛語)도 이행에 연결되어야 합니다. 그 사람의 마음의 성장에 도움이 되어야 비로소 그 사람을 위한 것이 된 것입니다. 자기보다 남을 우선한다는, 아무래도 자기가 손해를 보는 것 같지만 긴 안목으로 보면 남을 위해 하는 일이 반드시 자기도 위하는 것임을 알게 됩니다. 그러므로 도겐(道元)은 "이행은 일법(一法)이다. 널리 자타(自他)를 이롭게 한다"고 말했습니다. 자타의 구별이 없고, 이득의 선후(先後)도 없는 오직 하나의 진리를 일법(一法)이라고 합니다.

넷째가 '동사(同事)'입니다. '동사'란 상대방이 되어 버리는 것입니다. 예컨대 《관음경(觀音經)》[57]에 "관음보살이 어린이를 인도할 때에는 어린이와 같은 모습이 된다"는 서원(誓願)이 동사입니다. 자기보다 연장인 노인을 만나면 그 사람에게서 자신의 미래의 모습을 응시하는 겁니다. 자기보다 연소한 사람을 만나면 그 사람에게서 자기의 과거의 모습을 주시하게 됩니다. 그러면 관대함이 생기게 됩니다. 최근에 내가 배운 말 가운데서 인상이 깊은, "어린이를 욕하지 말라. 자기가 지나온 길 아닌가. 늙은이를 비웃지 말라. 자기가 가야 하는 길이 아닌가"하는 말입니다. 나고야시에 사는 주부 야스에(安江) 우라코 씨의 신문 투서로 알게 되었는데, 이렇게 좋은 말이 아직도 일본에서 전승되어 오는구나 싶어 마음이 뿌듯해짐을 느꼈습니다. 그리고 잘못을 저지르는 사람을 보면 자기에게도 잘못을 저지를 가능성이 있다는 것을 알아야 합니다. 이와 같이 모두 자기의 모습으로 보고, 제1인칭 단수인 '나'라고 간주하는 인생관이 '동사'입니다. 자기 속에서 타인을 보고, 타인 속에서 자기를 보는 '동사'는 자타의 차이가 없으므로 도겐은 "자기와 남이 다를 것이 없다"고 말했습니다.

---

57) 구마라습이 《법화경》의 관세음보살 보문품(普門品)만을 번역하여 따로 한 경으로 만든 것. 관세음보살이 중생의 재난을 구제하고 소원을 이루게 하며 32신(身)을 나타내어 설법한 것.

정명(正命)이란 '남을 위해, 모두를 위해'

'정명 —— 바르게 살기 위해 4섭법을 주장하는 데에는 까닭이 있습니다. 한 섭법의 어느 하나를 철저히 실행하면 다른 세 섭법도 그 안에 포괄된다는 것을 앞에서 말했습니다. 예컨대 애어(愛語)에 투철하면, 누구에게나 애어로 말할 수 있는 '보시'에 연결됩니다. 애어에 투철하면 또한 자연히 부드러운 얼굴[和顔]을 갖게 되어 남의 고뇌에 동화할 수 있는 '동사'가 이루어집니다.

마음이 풍요롭게 피어나 향기로운 것을 옛부터 꽃으로 비유했습니다. 그러나 꽃향기는 아무리 향기로워도 역풍(逆風)에는 이기지 못합니다. 54번의 법구가 말하는 것처럼 '부용도 전단의 향기도 마찬가지'입니다. 그러나 '가르침[法]을 따르는 사람의 향기'는 바람의 방향이나 강도와는 관계가 없습니다. 순역(順逆)의 바람을 초월하여 언제나 향기롭습니다.

나는 전에 작가인 오타 요코(太田洋子) 씨의 다음과 같은 수필을 읽고 무척 감탄했습니다. 오타 요코 씨가 여학교에 들어갔을 무렵에 일본과 독일 사이에 전쟁이 일어나(1914), 싸움에 진 독일군의 포로가 세토나이카이(瀬戸內海)의 니노시마에 수용되었습니다.

어느 날 요코 씨는 같은 반 친구와 함께 선생을 따라 히로시마 시의 상품 진열관에서, 독일병 포로가 만든 과자를 사 가지고 돌아왔습니다. 그때 선생이 이렇게 말했다고 합니다.

"독일병 포로들은 일을 잘해요. 휴식 시간에도 공장 안을 청소하고 휴지 조각이나 누더기 따위를 정돈해요. 일본인이 이상하게 생각하여 물으면, 포로는 이렇게 대답합니다.

"우리는 어렸을 때부터 남의 물건을 소중히 여기는 습관을 갖고 있어요. 적국의 종이 한 장도 소홀히 할 수 없어요."

그들이 본국으로 돌아갈 때, 포로 중의 누군가 요청을 받는 대로 빵을 굽는 여러 가지 방법을 일본의 과자 직인(職人)에게 잘 가르쳐 주었어요. 일본에서는 요리, 꽃꽂이, 다도(茶道) 등 어려운 것 등은 친구나 친지에게도 좀처럼 가르쳐 주지 않습니다. 이상하게 생각한 일본인이 "어째서 적국인에게 그런 것을 가르쳐 주는가" 하고 물으면, 포로는 "여러 사람들을 위해, 모두들 맛있는 빵을 먹고, 조금이라도 행복해진다면 어느 나라 사람에게도 가르쳐야 해요"하고 대답하는 것이었어요."

요코 씨는 이렇게 말했습니다. "선생에게서 이 이야기를 들었을 때 나는 뭔가가 가슴에 젖어드는 느낌이 들었던 것을 지금도 기억하고 있습니다. 이 이야기는 나의 생애에 걸쳐서 내 영혼의 어딘가를 지배하고 있음을 느낍니다."

나도 큰 감동을 받았습니다. 이 독일인 포로의 언동이야말로 '순역(順逆)의 바람을 초월하여' 그리고 역사를 초월하여 언제나 향기롭습니다. 나는 이 수필을 읽은 지 9년이 됩니다. 그 감동에서 나도 독일 포로를 닮아 자기가 얻은 경험을 남에게 공개해야겠다고 생각했습니다. 나는 내 자신이 전공하는 포교 전도에 관한 자료는 아무리 귀중한 것이라도 남에게 전하고 있습니다. 나는 나의 생전에 유품을 남에게 나눠 줄 생각입니다. 그리고 나는 '정명'이란 바로 이런 것이라고 마음에 명심하고 있습니다.

청정하게 근면하다 ── 〔正精進〕

전에는 방자했던 사람도
나중에 깊이 정진하여 게으르지 않으면
이는 마음과 세상을 비출 것이니
마치 구름을 헤치고 비추는 달처럼 (172)
人前爲過 後止不犯
是照時間 如月雲消

인생의 오차(誤差)를 수정, 정진하는 것이 바른 정진

'전에는 게으른 자였지만' 지금은 오직 정진을 계속하면 마치 어두운 구름에서 벗어난 달처럼 세상을 두루 비추게 될 것이다 ── 이것이 172번의 법구입니다. '정진'에 대해 사전(辭典)에는 ① 악행을 단절하고 선행을 하려고 하는 마음의 작용, 잡념을 버리고 일심으로 불도를 닦는 것, ② 몸을 정갈하게 하고 마음을 바로잡는 것이라고 정확한 해답을 내리는 동시에 ③ 육식을 하지 않고 채식을 하는 것이라 하여 일반 통념으로서의 '정진'의 의미를 들고 있습니다.

팔정도의 여섯 번째인 '정정진'은 우리들의 생활이 "깨달음의 길에 합치하도록 오차(誤差)를 수정하여 부지런히 나아가는 것"을 말합니다. 즉 사전에 있는 해설의 ①과 ②의 종합에 해당됩니다.

석존께서 깨달으신 것은 '인연의 진리'이며 이 진리를 올바로 간파하는 것이 '정견'이라는 것은 이미 말했습니다. 즉 석존의 깨달음이 자기 마음에 계승되어 자기 마음의 눈이 열려 모든 것을 올바로 보게 되는 것입니다. 그렇게 되려면 신심(信心)이나 수행이 필요합니다. 따라서 '정정진'은 '정견'과 가장 밀접한 관계에 있습니다.

석존께서는 입버릇처럼, "게으르지 말고 부지런하라"고 권고하셨습니다. 석존께서 구시라계라의 사라쌍수(沙羅雙樹)[58] 숲속에서 운명하시기 직전(기원전 383년)의 설법이 담긴 《유교경(遺教經)》[59]에도 "계(戒)와 정(定) 그리고 혜(慧)의 삼학(三學)에 정진하라"고 권하고 있습니다. 그리고 마지막으로 "너희는 언제나 일심으로 도를 닦는 데 정진해야 한다. 일체의 만물은 변하고 새로 태어났다가는 소멸되고 소멸된 후에 또 새로 태어나면서 유전(流轉)한다. 너희는 잠시 입을 다물도록 해라. 시간이 되었다. 나는 멸도(滅度, 석존의 죽음을 가리킴)하려고 한다. 이것이 나의 마지막 가르침이다"하고 드디어 말씀을 끊으셨습니다.

석존의 인생관은 말하자면 '정진'의 두 글자로 대변된다

---

58) 석존께서 입멸하신 곳. 중인도 구시라계라 성 밖 발제하(跋提河) 언덕에 있던 사라 수림을 특칭. 석존께서 입멸하신 보상(輔床)의 네 귀에 4쌍(雙) 8본(本)의 사라수가 있었으므로 이렇게 불렀다고 함.

59) 대승 불교(大乘佛教)의 경전. 《불수반열반략설교계경(佛垂般涅槃略說教誡經)》을 가리킴. 후진 때 구마라습이 번역. 모두 한 권으로 선종(禪宗)께서 불조삼경(佛祖三經)의 하나로서 존중되고 있음.

고 말해도 좋을 것입니다. 석존의 정진 기반은 "만물은 변이 (變移)하며 잠시도 멈추지 않는다"는 무상관(無常觀)과 "이것이 있기 때문에 저것이 있고 이것이 생기기 때문에 저것이 생긴다"는 인연관(因緣觀)입니다. 인연관에 의해 무상은 그 변이의 사실에 더욱 엄숙한 념(念)을 더합니다. 그리고 무상관에 의해 인연의 만남의 기이함에 더욱 경건한 념을 깊이 느끼게 됩니다. 그리하여 정진의 길을 가려고 자진하여 힘을 기울였던 것입니다.

가령 젊음과 건강을 자만하여 방자한 생활을 하고 있어도 뭔가가 계기가 되어 무상이나 인연의 도리를 깨달으면 분연히 일어나지 않을 수 없게 됩니다. 방자에서 정진으로 방향을 돌린 순간이 인간의 지혜의 달이 구름사이를 뚫고 나온 때입니다. 달은 구름에서 벗어나 얼마 후에 빛나는 것이 아닙니다. 구름에서 벗어난 순간에 지상을 비춥니다. 방자한 사람도 마찬가지입니다. 방자함이 악이라는 것을 깨쳤을 때, 이미 그 사람의 묻히고 덮였던 지혜가 환히 드러나 자타를 비춥니다. 이것을 172번의 법구는 "구름을 헤치고 비추는 달처럼 마음과 세상을 비추게 된다"고 읊은 것입니다.

인생은 하나에서 시작하여 하나로 끝난다

석존께서는 언제나 정진을 설법하셨으므로 《법구경》 속에도 이 시 이외에도 정진을 권하는 많은 시편을 찾아볼 수 있습니다. 정진을 영어로는 Heedfulness(조심스러움)라고 번역하는 데 하나의 식견(識見)을 느낍니다. 무작정 돌진하는 것이 아니라 조심스럽게 그리고 치밀하게〔細心·精密〕전진하라는 조언(助言)을 간과해서는 안 됩니다.

내가 소학생일 때, 음악에 낙제점을 받고 울면서 절〔寺〕에 돌아온 적이 있습니다. 스승이며 아버지였던 소라이(祖來) 스님은 뒤주 속에서 흰 쌀 한 톨을 꺼내어 손바닥에 놓고 나에게 보이면서 말했습니다.

"검은 현미도 오래 찧으면 이렇게 아름다운 색깔의 정미(精米)가 된단다. '정(精)'이라는 글자는 쌀 미(米) 변에 푸를 청(靑)자야. 너의 인생은 푸른 데까지도 가지 않았어. 이제부터야. 천천히 현미를 찧듯이 많은 사람들과 오랫동안 부대껴야만 겨우 어엿한 한 사람이 되는 거야. 울지 말아."

생각해 보니 60년 전의 옛일입니다. 그러나 한 폭의 그림과 같은 훈계 탓인지, 지금도 당시의 정경이 분명히 머리에 떠오릅니다. 나는 음치인 탓인지 음악에서는 끝내 좋은 점수를 받지 못했습니다. 그러나 요즈음 곰곰히 생각해 보니, '인생은 단정(丹精:정성을 다함)'이라는 느낌이 듭니다. '단정'의 두 글자에 아버지의 '정미의 설법'이 지금은 간절하게 그리운 추억으로 떠오릅니다.

'정(精)'은 정성을 쏟는 동시에 정밀하다는 뜻도 있다는 것이 영어로는 잘 파악되고 있습니다. 조심스럽게 계속하는 것이 단정(丹精)의 단정입니다.

나는 '인생은 하나에서 시작하여 하나로 끝난다'고 생각합니다. 오직 한 사람밖에 없는 자기입니다. 오직 한 번밖에 없는 일생입니다. 오늘이라는 날은 다시 돌아오지 않는 하루입니다. 타인이나 직장과의 만남도 일기 일회(一期一會)입니다. 이 엄숙한 무상과 기이한 인연의 만남을 한 순간에 응시해야 합니다. 거기에 타오르는 것이 일생의 '정정진(正精進)'입니다.

올바로 생각하는 것 —— 〔正念〕· 1

항상 마음을 지켜 악행을 막고
성내고 원망하는 것을 자제하고
마음속의 사념(邪念)을 버리고
깊이 사유하고 도(道)를 생각하라 (233)
常守護心 以護瞋恚
除心惡念 思惟念道

'떠올리지 말고, 잊지 말고'가 념(念)의 기본

이 233번의 첫머리에 나오는 '악행을 막고'는 영어로는 guard against misdeeds라고 합니다. guard라는 영어는 '경계, 감시'라는 의미로 최근엔 자주 쓰이지만, 경비원을 guardman이라고 말하는 것은 일본식 영어라고 합니다. 그리고 궤도에서 바퀴가 벗어나는 것을 막기 위해, 레일의 안쪽이나 바깥쪽에 까는 보조 레일을 guard - rail이라고 합니다. 최근에는 사고 방지를 위해 커브나 위험한 길 가장자리

그리고 차도와 보도의 구분에 설치하는 철책을 guard - rail 이라 부르고 있습니다.

악행을 막으려면 마음의 가드 레일이 필요합니다. 악행을 막고 분노함을 억제하고 사념을 제거하기 위해서는 길고 튼튼한 가드레일이 필요합니다. 너무 약하거나 도중에 가드 레일이 끊어져서는 안 됩니다. 따라서 '깊이' 사유하는 것도 '언제나' 사유하는 사유의 계속이 필요합니다.

여기에서는 팔정도의 일곱 번째인 '정념'에 대해 공부하려고 합니다. '정(正)'에 대하여는 자주 설명했으므로 생략하지만, '념(念)'의 글자 모양은, 《자원 사전(字源辭典)》에 보면, '념의 의미를 나타내는 심(心)과 음을 나타내는 금(今)이 합쳐진 글자'입니다. 념(念)이란 글자의 의미는 '마음에 굳게 새겨 두고 망각하지 않는다'는 것입니다. 그러므로 '정념'은 "사념을 버리고 바른 도를 마음에 새긴다"는 뜻이 됩니다. 233번 법구의 "항상 마음을 지켜 악행을 막고, 성내고 원망하는 것을 누르고, 마음속의 사념을 떨쳐 버리고, 깊이 사유하고 도를 생각하라"는 시구가 그대로 '정념'을 잘 나타내고 있습니다.

"잊지 않는다"는 '념'에 대한 사전의 해설에는 틀림이 없습니다. 그러나 석존의 사상을 근거하기에는 불충분합니다. 왜냐하면 석존께서는 선악 어느 쪽이건 집착하는 것을 금하셨습니다. 따라서 '잊지 않는 데 집착하는 것'은 바람직하지 못한 일입니다.

일본의 옛 노래에 "생각이 나는 것은 덜 반한 때문이다. 생각이 나지 않게, 잊지 말아라"는 귀절이 있습니다. 인정

(人情)의 기미(機微)를 찌른 노래지만, '정념'의 조언으로서도 귀한 구절입니다.

석존께서는 인간의 모든 괴로움〔四苦·八苦〕을 다 겪고 나서 설법했습니다. 그런 의미에서 석존의 가르침은 '괴로운 자의 종교'입니다. 우리도 연령의 여하를 불문하고, 조금이라도 인생의 고뇌를 맛본다면 석존의 가르침과 어디선가 접하게 될 것입니다. 인생고의 체험이 없이 두뇌적인 지식만으로 석존의 가르침을 이해하려고 하면, 본의 아니게 거부반응을 일으키게 됩니다. 노래가 민요가 인생고를 노래하는 한 반드시 석존의 가르침을 조언적(助言的)으로 해설하고 있다고 나는 생각합니다. 내가 여기에 노래 가사를 인용한 것도 그 때문입니다.

이 노래를 놓고 말한다면 부처님의 이름이나 가르침의 말씀을 하나하나 새삼스럽게 생각해 내어서는 아직 부처님의 가르침에 매혹되어 있지 않은 것입니다. 흠뻑 매혹되었다면 생각해 낼 필요도 없습니다. 잊어버릴 리는 물론 없습니다. 거기에 연애의 제호미(醍醐味)가 있는 것처럼 믿는 자의 법열(法悅:불도를 듣고 느끼는 최고의 기쁨)이 념(念)의 한 글자에 있기 때문에 '상념불망(常念不忘)'이라고도 말합니다. 《연명십구관음경(延命十句觀音經)》이라는 42자로 된 단장(短章)의 경전에는 "생각이 마음에서 일어나 생각이 마음에서 떠나지 않는다〔念念從心起 念念不離心〕"라고 하여 '정념'의 내용을 구체적으로 표현하고 있습니다.

'정념'은 염불(念佛), 칭명(稱名), 창제(唱題)에 이어지는 계보(系譜)

또한 '정념장(正念場)'이라는 말이 있는데 이 말 역시 '정념'에서 전이되었을 것입니다. '정념장'은 연극에서 '주역(主役)'이 그 역의 진수[극성]를 발휘하는 중요한 장면을 말합니다. 인생도 또한 극장입니다. 자기의 인생은 자기의 극장이며 자기가 주역이므로 때때로 '정념장'에 서지 않으면 안 됩니다. 일시적인 정열로는 숨이 끊어집니다. '상념불망'이라야 합니다.

'정념'은 또한 염불이나 칭명이나 창제(昌題)와 연결되는 계보라고 생각합니다. 염불은 본래는 '부처님을 마음으로 생각하는' 것이지만, 그 밖에 '입으로 부처님의 이름을 외고 부처님을 생각하는' 칭명도 염불이라고 말합니다. 정토교(淨土敎)[60]에서는 나무아미타불(南無阿彌陀佛)을 외는 것을 '칭명'이라고 합니다. 그리고 창제는 경전의 제호(題號)를 외는 것으로, 니치렌 성인(日蓮聖人)이 《법화경(法華經)》[61]의 제호인 《나무묘법연화경(南無妙法蓮華經)》을 일곱 자의 제목이라고 하며 이 제목을 외는 것을 '창제'라고 가르칩니

---

60) 자기 수행을 주로 하는 성도(聖道)의 여러 교에 대하여 아미타불의 구제를 믿고 극락 세계에 왕생하여 아미타불을 뵙고 여러 성인들과 사귀는 동시에 다시 사바 세계에 와서 다른 중생들을 교화 구제하기를 원하는 일파.

61) 《묘법연화경(妙法蓮華經)》의 약칭. 대승 경전(大乘經典)의 대표가 됨. 모두 7권 28품. 일불승(一佛乘)·회삼귀일(會三歸一)·제법실상(諸法實相)을 말한 경전임. 조선 세조 때 간경도감에서 번역 출판됨.

다. 일반적으로 "마음으로 생각하고, 입으로 외고, 몸으로 실행하는 것"을 '염'이라고 볼 수 있을 것입니다.

념(念)하는 것은 중요한 일입니다. 뭔가를 계속 마음속에서 념하면 우리의 성격을 싹 변화시킬 수 있기 때문입니다. 그런만큼 '정념'을 념하는 중요성은 말할 필요도 없습니다. 불교 시인 사카무라 신민(坂村眞民)의 〈념하는 마음〉을 읽어 봅시다.

> 선근(善根)[62]이 익을 때까지
> 부지런히 불도에 정진하여
> 자기를 만들어 놓자
> 그러면
> 봄바람이 불어왔을 때
> 꽃을 피울 수 있고
> 봄비가 내릴 때
> 싹이 돋아날 수도 있을 것이다

올바로 생각하는 것——〔正念〕·2

> 내 생명 이미 평온하여
> 원한을 분노치 않고
> 사람들은 원망하나

---

62) 좋은 과보(果報)를 초래할 선인(善因). 즉 여러 가지 선(善)을 낳는 근본이 됨.

나 원망없이 가련다 (197)

我生已安 不慍於怨

衆人有怨 我行無怨

원망은 원망으로는 풀리지 않으며

끝내 편안함을 얻지 못하리

참는 데서만 원한을 풀 수 있도다

이것은 불변의 진리니라 (5)

不可怨以怨 終以得休息

行忍得息怨 此名如來法

잊을 수 있는 원한이라면 원한이 아니다

이 두 편의 법구는 각각 원망의 해결에 보복의 태도를 취하는 것을 부정하고 있습니다. 그러나 무저항을 주장하는 것은 아닙니다.

여기서 생각나는 사람은 프란시스 블린크리(1912년 사망)입니다. 그는 대단한 친일 영국인으로 일본 부인과 결혼하여 전에 우리집 근처에 살고 있었습니다. 일본어에 정통하여 《브리태니카 백과사전》의 '일본'에 관한 항목은 거의 그가 집필했다고 합니다. 그가 일본을 좋아하게 된 동기는 이러합니다.

1867년경에 그는 나가사키(長崎)에 살고 있었는데, 때마침 '보복'을 목격했습니다. 한 무사(武士)가 여러 해 쌓이고 쌓인 아버지의 원수에게 앙갚음을 한 뒤 그는 원수의 시체 앞에 무릎을 꿇고 합장을 했습니다. 이어서 원수가 벗어 던졌던 겉옷을 주워 흙먼지를 털어 조용히 시체를 덮고 길가에 피어 있던 들꽃을 꺾어 바치고 다시 합장을 하는 것이었습니다. 그리고는 "관청에 신고해야겠다"고 하면서 무사는 조용히 그 자리를 떠났습니다.

이 광경을 보고 안내인으로부터 설명을 들은 블린크리는 깊은 감명을 받았습니다.

"세상 어느 곳에 자기 원수의 명복을 비는 사람이 있겠는가. 몇 해 전에 원수를 갚기 위해 고향을 떠났다고 한다. 고생도 이만저만이 아니었을 것이다. 미워하고도 남음이 있는 원수인데, 그 원수가 죽자 그 시체에 깍듯이 예를 다 갖추었다. 이처럼 너그러운 마음을 갖고 있는 이 일본에 나는 오래 머물러 살려고 생각했다"는 수필을 읽고 나도 감명을 받았습니다.

당시의 일본인은 다 그런 것은 아니더라도, 미워하는 원수를 죽이기는 해도 예의는 지켰던 것입니다. 현대와 같이, 미운 나머지 뼈까지 짓이기는 축성(畜性)은 갖고 있지 않았습니다. '무사는 피차 일반'이라는 말은 무사끼리는 같은 처지에 있으므로 상대방의 처지를 생각해주는 마음씨가 중요하다는 것으로 생각됩니다. 원수를 갚는 자가 앙갚음을 당하는 원수의 심정을 이해할 수 있는 것입니다. 그것은 앞에서 인용한 "때리는 사람도 얻어맞는 사람도 모두 인연에 의해 생기는 현상으로, 꿈과 환상과 물거품은 그림자와 같도다"라는 무소(夢窓) 스님의 노래와 통하는 것이 있습니다.

서로 떨어져 살면서 미워하고 만나면 죽이고 죽임을 당해야 하는 인간 관계는 무엇일까요? 적을 용서하는 것을 '악'으로 여겼던 시대에 적을 두고 살아야 하는 인간의 업연을 생각하면 그 무사는 미움보다는 슬픔과 아픔에 괴로워했던 것이 분명합니다. 그러므로 원수가 자기의 그림자로 생각되어 합장하지 않을 수 없었을 것입니다.

블린크리는 일본의 무사가 원수를 죽인 후의 자기의 감정 처리에 감동한 것으로 보입니다. 원수의 시체에 합장하는 것은 아름다운 심정이지만, 오늘날에는 원수를 죽이지 않고 원한을 푸는 예지가 바람직합니다.

어느 시대에서나 누구든지 한 번 품은 원한은 잊혀지지 않는 것입니다. 잊을 수 있는 원한이라면 원한이 아닐 것입니다. 보복에 의하지 않고 원한을 해결하려면 어떻게 해야 할까요? 그러기 위해서는 훌륭한 가르침을 듣는 것이 무엇보다도 중요합니다.

"눈에는 눈으로"는 눈으로 눈을 보상한다는 것이 그 진정한 의미이다

"눈에는 눈으로, 이빨엔 이빨로"라는 말이 있습니다. 어쨌든 얻어맞았으면 되받아 때리라는, '보복'의 의미로 받아들이기 쉽지만 그것은 잘못된 생각입니다. 벤더슨의 명저 《일본인과 유태인》이 널리 읽혀지면서 이 말의 참된 의미가 이해된 것 같습니다. "눈에는 눈으로, 이빨에 이빨로"라는 말은 《구약성서》의 〈출애굽기〉[63], 〈레위기〉[64], 〈신명기〉[65] 에서 볼 수 있습니다. 그것은 피해를 받았으면 그에 상당하는 보복을 하라는 비유가 아니라 눈에는 눈으로, 이빨에는 이빨로 보상해야 한다는 가르침입니다. 이 보상의 정신은 사랑의 마음을 불러일으킵니다. 그리스도는 "너의 원수를 사랑하라"고 증오를 사랑의 정신으로 승화시켰습니다.

위에서 말한 법구는 영어로 표현하면 'By love alone they cease(사랑에 의해서만 〔원한은〕 끝날 것이다)"로 '인내'를 '사랑'으로 받아들인다는 뜻입니다. 여기서 그리스도의 가르침과 일맥 상통하는 것을 느끼게 됩니다.

한편 선서(禪書)로 알려진 《벽암록(碧巖錄)》[66]에 '대사(大死)한 사람'이라는 말이 있습니다. 이 '대사'는 육체의 죽음이 아닙니다. 자아를 중심으로 한 '피(彼)·아(我)·적(敵)·아군(我軍)'이라는 상대적·이원적(二元的)인 발상을 송두리째 없애 버리고, 그 어느 것에도 집착하지 않는다

---

63) 《구약성서》 중의 모세 5서(書)의 하나. 출애굽에 관한 기록으로서 유명한 '십계명'도 여기에 기록되어 있음.

64) 《구약성서》의 셋째 권. 모세 5경의 하나로 레위 사람들이 행하던 제사에 관한 기록임.

65) 《구약성서》 중의 하나. 저자 및 저작 연대는 미상. 모세 5경 중의 마지막 것으로 모세의 최후의 언행과 시(詩)와 축복이 기록되어 있음. 모두 34장으로 되어 있음.

66) 모두 10권. 중국 송나라의 환오극근(圜悟克勤)이 지음.《벽암집(碧巖集)》이라고도 함. 처음에 설두중현(雪寶重顯)이 지었으나 매우 어려웠으므로 환오극근이 송나라 정화 년간(1111~1117)에 〈설두백측송고(雪寶伯則頌古)〉에 수시(垂示)·착어(着語)·평창(評唱)을 덧붙여 후학의 지침으로 삼았다.

는 의미입니다. 무집착을 선어(禪語)의 뉘앙스로 '죽여버린 다·죽여버리다'라고 합니다.

문명의 진보와 함께 인간 관계가 복잡해짐에 따라 의식적으로나 무의식적으로 우리는 서로에게 상처를 주고 아프게 하지 않고서는 살아갈 수 없습니다. 따라서 원한과 증오심이 생겨 적과 내 편의 구별이 생기는 것은 어쩔 수 없습니다. 그것이 나쁘다는 것이 아니라 원수를 죽이기보다는, 그 집념을 죽이라는 것이 '대사'의 진정한 뜻이며 "집착을 죽이라"는 것입니다. 집착심을 죽여버리면, 원수는 살아 있어도 원망하거나 미워할 필요가 없게 됩니다. 선자(禪者)는 이것을 대활현성(大活現成)이라고 말합니다. 말하자면 집착하지 않는 것에도 집착하지 않는 공(空)의 지혜와 자비로 원수도 자신도 함께 껴안는 것이 '대활현성'의 위대한 소생(蘇生)입니다. 앞에서의 197번의 "남이 원망을 하더라도 원한을 품지 않고 사는 것"이 '대활현성'입니다.

마음을 안정시킨다 ── 〔正定〕

성내지 않기를 대지와 같이
동요하지 않기를 산같이 하며
깨끗하기를 물과 같이 하는 사람에게는
죽음과 삶의 윤회(輪廻)가 없다 (95)
不怒如地 不動如山
眞人無垢 生死世絶

'성내지 않기를……' 은 성내지 않는 대지의 노여움

'노(怒)하지 않기를 대지와 같이'라는 구절로 95번의 법구는 시작됩니다. 확실히 대지는 짓밟혀도 노여워하지 않고, 침을 뱉어도, 쓰레기를 버려도 노여워하지 않습니다. 노여워하기는커녕 대지(포장된 도로는 대지라고 부르지 않습니다)는 그것을 흡수하고 완전히 소화하여 깨끗한 물이나 비료로 환원시켜 만물을 육성합니다. 석존께서 '어머니인 대지'라고 찬양한 것도 이 때문입니다.

이 대지의 육성의 덕을 찬양하여 그 누군가는 "생산해 내지 않는 것이 없는 흙의 은덕을 오늘따라 더욱 우러른다"하고 노래했던 것입니다. 그리고 이 육성의 지혜와 자비를 상징한 것이 지장보살(地藏菩薩)[67]입니다. 지장보살은 대개 길가나 들에 세워져 있는 것은, 버리는 무가치한 것을 가치 있는 것으로 환원시키는 대지의 성내지 않는 애정을 찬양하기 위해서입니다. 그리고 이 지장보살이 불교 설화에서는 염라대왕(閻羅大王)[68]의 변신이라는 설정에 주목해야 합니다. 무서운 염라대왕의 숨겨진 일면에 자비심이 묻혀 있다는 발상

---

67) 석가불(釋迦佛)의 부탁을 받고, 그 입멸 후 미륵불(彌勒佛)의 출세 (出世)까지 부처 없는 세계에 머물러 있으면서 육도(六道)의 중생을 화도(化導)한다는 보살.

68) 유명계(幽冥界)의 왕. 염마대왕(閻魔大王)이라고도 함. 본래 인도 베다 시대의 야마(yama) 신으로 두 가지가 있음. 하나는 상계(上界) 의 광명 세계, 또 하나는 하계(下界)의 암흑 세계에 있는 신인데 우리나라에는 지옥에서 살며 인간의 생전 선악을 다스려 악을 방지하는 대왕으로 알려짐.

은 심판의 양상과 염라 대왕의 성격을 말해 주고 있습니다. 그리고 지장보살의 변신이 염라대왕인 점에 자비심의 밑바닥에 숨어 있는 큰 분노를 느끼게 됩니다. '성내지 않기를 대지와 같이'는 성내는 일이 전혀 없다는 뜻이 아닙니다. 대지는 인간적인 본노와는 질이 다른 슬픔과 분노를 갖고 있습니다. 나는 특히 최근에 대지의 슬픈 분노를 느낍니다.

나의 친지로 요리집을 하는 세노오 요시츠구(妹尾吉嗣) 씨는 채소찌꺼기를 땅에다 묻을 때 합장을 하고 "돌려드립니다"하고 말합니다. "대지도 기꺼이 받아 줘요"하고 그는 기뻐합니다. 그러나 폴리에틸렌이나 비닐 같은 것을 대지는 거부합니다. 대지는 인간의 교만한 기계문명을 한탄하고 또 책망합니다. 지진이나 분화(噴火)도 대지의 깊은 곳에서의 슬픔의 분노인 것입니다. '분노하지 않는 대지'의 분노를 이 법구에서 인식하지 않으면 안 되는 것은 슬픈 일입니다.

'깨끗하기는 물과 같이'라고 노래하고 있지만 그 물도 오염되어 공기나 대지와 함께 몸부림을 치면서 소리내어 울고 있습니다. 대지나 맑은 물을 오염시킨 것은 인간입니다. 인간이 오염시킨 대지와 맑은 물로 인간 자신이 괴로움을 당하는 새로운 윤회가 생겨났습니다. 기계 문명의 악취(惡臭)에서 깨어나지 않으면 우리는 평안을 얻을 수 없을 것입니다. 이 95번의 법구를 우리 모두 명심해야 합니다.

'안을 다스리고 밖을 다스리는' 것

장자(莊子)는 기원 전 3세기경의 중국 사상가입니다. 그의 사상을 전하는 같은 이름의 책《장자》의 〈천지편〉에는 다음과 같은 흥미로운 이야기가 실려 있습니다. '공자의 제자'며 웅변가로 알려진 자공(子貢)이 여행 길에서 밭을 일구고 있는 한 노인을 만났습니다. 그 노인은 우물을 파서 물독에 물을 담아 밭에 붓고 있었습니다. 그런데 그것은 보기에도 힘만 들고 능률이 오르지 않는 일이었습니다.

자공은 노인에게 "물을 푸려면 좋은 기계가 있습니다. 뒤가 무겁고 앞이 가볍게 되어 있어, 가벼운 물건을 끌어내는 것처럼 물을 풀 수 있고 속도도 빠릅니다. 또 힘도 적게 들면서 능률이 올라요. 그게 뭔지 아시겠습니까? 방아두레박[69]이라는 것입니다" 하고 가르쳐 주었습니다. 밭을 일구던 노인은 울컥 화가 치미는 것 같아 보였으나 곧 웃으면서 대답했습니다.

"나는 전에 선생에게서 들은 적이 있지요. 기계를 사용하면 반드시 기계에 의지하여 일을 하게 되고, 기계에 의지하는 마음이 생기면 자연 그대로의 순박한 아름다움을 잃게 된다구요. 그렇게 되면 당연히 신령스럽고 기묘한 생명의 작용도 안정을 잃게 마련이지요. 그 결과는 인간의 도(道)에서도 벗어나게 돼요. 나도 기계를 모르는 것은 아니지만 혐오스러

---

69) 지렛대를 장치해 놓고 물을 푸는 두레박. 우물 옆에 기둥을 세우고 긴 나무를 디딜방아같이 걸치어 한쪽 끝에 두레박을 달고 한쪽을 눌렀다 놓았다 하게 되어 있음.

워 쓰지 않아요."

자공은 얼굴을 붉히고 아무 대답도 하지 못했습니다. 그는 후에 제자에게 말했습니다. "나는 힘을 적게 들이고 많은 성과를 올리는 것을 좋다고 생각하지 않게 되었다"라고.

밭을 일구던 노인의 입을 통해 이야기하는 장자의 사상을 받아들인 사람이 베르너 하이젠베르크와 스즈키 다이세츠입니다. 하이젠베르크는 20세기의 위대한 물리학자로 원자력학을 연구하고 일본에도 두 번이나 다녀갔습니다. 그리고 '인간'의 문제를 진지하게 다루고 있습니다. 그는 2천여 년 전에 동양에서 이미 기계 문명에 대한 비판을 한 사실에 놀랐습니다.

작년에 나는 인도에 갔을 때 그곳 대학생에게서 "일본의 기계 문명이 하나도 부럽지 않아요. 우리는 인도의 아름다운 자연을 언제까지나 잘 지키려고 해요"라고 말하는 것을 들었습니다. 그때 나는 《장자》에서 밭을 일구던 노인이 '나도 기계를 모르는 것은 아니지만 혐오스러워 쓰지 않는다'고, 자공의 입을 다물게 한 말을 상기했습니다.

그러나 이 이야기는 '인간의 내부에 깃들여 있는 것에 대한 존경으로 중심(重心)이 너무 기울어져서 인간의 그밖의 문명을 경멸하는 차별관을 느낍니다. 스즈키 다이세츠 박사는 "기계의 노예가 된 자는 소극적이나마 인간의 존엄성을 모독하고도 그런 줄을 모르고 있다. 안은 다스릴 줄 알아도 밖도 또한 다스릴 줄 알아야 한다. 안팎으로 충분히 대처해야 한다"고 비판하고 있습니다. 거기에 문명인이 앞으로 살아가는 길이 있다고 생각합니다.

"계명을 지키기를 문지방을 넘지 않도록 하며"라는 말은 어떠한 일에 쉽게 동요되지 않는 것을 뜻합니다. 산은 곧 정수(靜修)를 말합니다. 쉽게 동요될 수 있는 현대의 복잡한 현상으로부터 동요되지 않는 마음의 고요함입니다. 인간은 현대의 기계 문명 속에서 자기 상실의 고뇌에 시달리고 있습니다. 때문에 산과 같이 동요되지 않는 정수(靜修)가 필요한 것입니다.

기계를 발명한 것은 인간입니다. 그 인간이 기계가 뿜어내는 공해에 시달리고 있습니다. 이 공해를 없애기 위해 인간은 다시 기계를 발명해야 합니다. 이와 같이 현대인은 기계문명의 악순환, 즉 새로운 윤회에 휘둘림당하고 있습니다.

이 기계 문명의 윤회에서 벗어나기 위해서는 기계 문명을 급속도로 발전시킨 인간의 욕망 추구를 바른 궤도에 올려놓는 것이 무엇보다도 중요합니다. 욕망을 만족시키는 인간의 과학 지식이 얼마나 풍부하고 강대한가는 현대 문명이 잘 말해 주고 있습니다. 그러나 그 반면에 같은 현대인이 지칠 줄 모르는 욕망 추구에 두려움과 공허함을 느끼기 시작한 것도 사실입니다. 이 두려움과 공허감이 인간의 욕망을 바른 궤도, 즉 바른 윤회로 전환하는 인연이 되게 하는가의 여부에 내일의 인류의 존망이 달려 있습니다. 이것은 결코 지나친 말이 아니라고 나는 확신하고 있습니다.

마음을 몸 전체에 내버려 두라

인간에게는 자아의 욕망을 만족시키려는 욕구와 함께 '족한 줄 알려는' 고차원의 염원이 있습니다. 그러나 '족한 줄 아는' 지식은 과학 지식과는 차원이 다른 지식입니다. 왜냐하면 욕망의 추구는 자기보다 외부의 세계로 향하게 되는데 족한 줄 알고 싶은 염원은 자기의 내면 세계로 향하기 때문입니다. 이 내면으로 향한 지식을 '지혜'라고 하며 외부로 향하는 '지식'과는 분명히 구별됩니다.

지혜는 지식처럼 배워서 얻을 수 있는 것이 아닙니다. 다만 깊은 사색에 의해 감득(感得)될 뿐입니다. 지혜는 욕망의 추구에 산란(散亂)되기 쉬운 자기 마음을 가라앉혀 안정시킵니다. 이 마음의 안정을 '정정(正定:생략하여 定)'이라고 합니다. 인연의 법에 의한 것을 '정(正)'이라고 하는 것은 이 경우에도 마찬가지입니다. 그리고 안정된 마음을 '안심' 이라 말한다는 것은 이미 앞에서 설명했습니다.

'정(定)'은 범어의 '사마디'로, '삼매(三昧)[70]'로 음을 따라 표시하며, '정(定)·등지(等持)'라고 번역합니다. 마음을 한 곳에 정하여 움직이지 않는 데서 '정'이라고 하며, 그 부동의 양상을 대지(大地)로 상징합니다. 그리고 마음을 고루 유지하기 때문에 '등지'라고 말합니다. 마음을 한 곳에 집약

---

70) 범어의 삼마데, 삼미디의 음역. 정(定)·등지(等持)·정수(正修)·조직정(調直定)·정심행처(正心行處)라고 번역됨. 산란한 마음을 한 곳에 모아 움직이지 않게 하며, 마음을 바르게 하여 망념에서 벗어나는 것.

시켜 안정된 상태로 들어가는 것이 '삼매——'정'의 의미입니다.

《부동지신묘록(不動智神妙錄)》은 다쿠앙(澤庵) 선사(1645년 사망)가 야규 무네노리(柳生宗矩:검도의 명인, 1646년 사망)에게 준, 무도의 비술이 적힌 책입니다. 선(禪)의 마음으로 무도를 설명하는 '검선 일미(劍禪一味)'의 책으로 알려져 있습니다. 이 책에서 다쿠앙은 "마음을 한 곳에 둔다는 것은 어떤 장소를 한정하는 것이 아니다"라고 말하고 있습니다. 즉 마음을 오른손에 두면 오른손에 사로잡혀 신체의 용무에는 쓰지 못하고, 마음을 눈에 두면 눈에 사로잡혀 몸의 움직임에 균형이 잡히지 않게 된다. 그렇다면 마음을 어디에 둬야 하는가? 아무 데도 두지 않으면 마음이 자기 몸 전체에 퍼져 손이 필요할 때에는 손의 용무를 마치게 하고, 눈이 필요할 때에는 눈의 용무를 마치게 한다. 때문에 "마음은 몸 전체에 버려 두라"고 말한 것입니다.

즉 다쿠앙은 "마음을 어디에 둘까에 집착하지 않으면 자연히 마음을 필요로 하는 곳에 마음이 안정된다"는 것입니다. 흔히 "긴장하지 말라. 어깨에서 힘을 빼라"고 말합니다. 긴장하면 어깨에 마음이 고정되어 손발이 비게 됩니다. "마음을 몸 전체에 버려 두라"는 다쿠앙의 말에는 어떤 맛[味]이 있습니다. 마음을 몸 전체에 버려두는 것이, 사실은 마음을 안정시키고 몸도 충실하게 할 수 있습니다. 그것이 '정정(正定)'의 참뜻입니다.

어수선한 생활을 하는 현대인에게는 특히 다쿠앙의 "마음을 몸 전체에 버려 두라"는 '정정'의 수행까지는 못하더라도 적어도 연수할 필요는 느끼게 됩니다. '정정' 에 의해 유연해지고 풍요해진 마음을 나는 '마음' 이라고 부릅니다. 이 마음이 사실은 인간의 본심 본성이라는 '순수한 인간성' 입니다. 이 마음으로 돌아가는 것이, 우리가 저마다 자기 속에 있는 또 한 사람의 자기와 만나는 때입니다. 이때 자아의 무한한 욕망을 '족한 줄 아는' 깊은 염원으로 승화시킬 수 있습니다. 자기가 자기를 만나 자기가 자기를 올바로 보는 것이 특히 바람직한 '정견' 입니다. 그것을 '정정' 에서 얻게 되는 것입니다.

우리가 자기를 높이기 위해 걸어가는 길이 '정견' 에서 시작하여 '정정' 에 도달하고 이번에는 '정정' 을 기점으로 하여 다시 '정견' 으로 걸어가, 새로운 '팔정도' 의 여로(旅路)를 끝없이 계속하는 것입니다. 이런 좋은 윤회를 되풀이하라고 석존께서는 가르치셨던 것입니다. *

옮긴이 소개

박혜경

전남 여수에서 출생.

서울대학교 문리대 사학과 졸업.

한국불교 법화종 총무부장. 법화연수원 교수.

대한불교 법화종 총본산 무량사 법사. 구원정사(久遠精舍) 주지 역임.

저서로는 《법화경 이야기》(범우사)가 있음.

법구경 입문

발행일 | 2023년 10월 1일 초판 1쇄 발행

지은이 | 마츠바라 타이도　　　**옮긴이** | 박혜경
펴낸이 | 윤형두 윤재민　　　　**펴낸곳** | 종합출판 범우(주)
표지디자인 | 윤 실　　　　　　**인쇄처** | 태원인쇄

등록번호 | 제406-2004-000012호 (2004년 1월 6일)
　　　　　(10881) 경기도 파주시 광인사길 9-13 (문발동)
대표전화 | 031-955-6900　　**팩 스** | 031-955-6905
홈페이지 | www.bumwoosa.co.kr　**이메일** | bumwoosa1966@naver.com

ISBN　978-89-6365-547-5　03830